TopBook
鑒书客

叶舒宪
学术文集

两种旅行的足迹

LIANGZHONG LÜXING DE ZUJI

叶舒宪
著

陕西新华出版传媒集团
陕西人民出版社

图书在版编目（CIP）数据

两种旅行的足迹 / 叶舒宪著 .—西安：陕西人民出版社，2019

ISBN 978-7-224-13280-9

Ⅰ.①两… Ⅱ.①叶… Ⅲ.①笔记—作品集—中国—当代 Ⅳ.I267

中国版本图书馆 CIP 数据核字（2019）第 137677 号

出 品 人 | 宋亚萍
出版统筹 | 关 宁 韩 琳
策划编辑 | 王 凌 王 倩
责任编辑 | 晏 藜 袁 刚
整体设计 | 开朗文化

微信扫一扫，关注饕书客

两种旅行的足迹

作　　者 叶舒宪
出版发行 陕西新华出版传媒集团　陕西人民出版社
（西安北大街 147 号　邮编：710003）
印　　刷 中煤地西安地图制印有限公司
开　　本 787mm × 1092mm　1/16
印　　张 14
字　　数 153 千字
版　　次 2020 年 8 月第 1 版
印　　次 2020 年 8 月第 1 次印刷
书　　号 ISBN 978-7-224-13280-9
定　　价 78.00 元

叶舒宪

北京人，文学博士。

现任上海交通大学资深教授。

曾任中国社会科学院比较文学中心主任、研究员。

兼任中国民间文艺家协会副主席、文学人类学研究会会长、中国比较文学学会副会长。

1999—2000 年美国耶鲁大学客座教授；

2001 年英国学术院、剑桥大学访问教授；

2003 年、2010 年荷兰皇家学院访问教授；

2009 年台湾中兴大学客座教授。

著作有《玉石神话信仰与华夏精神》《图说中华文明发生史》等 50 种，译著 7 种。

丛书总序

GENERAL PREFACE

1966年夏，我挥泪作别生活了12个年头的首都北京，独自登上绿皮火车，观望着“西去列车的窗口”，转学来到陕西西安。这便是个人命运中与陕西这个省份结缘的开端。当时根本无法预料的是，1971年从西安市第四十一中学毕业时，本应随应届毕业生去安康修三线铁路，但因为体重不足80斤，没有去成安康，阴差阳错地被分配到昆仑机械厂当工人。1977年侥幸通过十年空缺后刚恢复的高考，1978年春季步入大雁塔南侧高校；1982年毕业留校任教。直到1993年“自我流放”海南岛，我连续在陕西生活了27个年头，其间只有一年在北京师范大学学习，半年在北京语言大学修英语，还有半年在澳大利亚访学。

这里的个人学术文集，是我早年写的十部书汇总，其中多为学术著作，有六部在上世纪90年代出过第一版，2005年由陕西人民出版社再版，作为“新世纪学术文存”的个人著作选粹。当时再版的六部书是：

1.《英雄与太阳：中国上古史诗原型重构》，上海：上海社会科学院出版社，1991年。

2.《中国神话哲学》，北京：中国社会科学出版社，1992年。第二版，社会科学文库版，1997 年。

3.《〈诗经〉的文化阐释——中国诗歌发生研究》，武汉：湖北人民出版社，1994 年。

4.《高唐神女与维纳斯——中西文化中的爱与美主题》，北京：中国社会科学出版社，1997 年。

5.《〈庄子〉的文化解析——前古典与后现代的视界融合》，武汉：湖北人民出版社，1997 年。

6.《老子的文化解读》，与萧兵合著，武汉：湖北人民出版社，1994 年。

以上六书，除了合著的《老子的文化解读》一书，将本人单独写的部分提取出来，改名《老子与神话》再版之外，其他五部书都是原样再版的。此次承蒙陕西人民出版社的厚意，再度给我的学术著作结集出版，并在以上六书之外，又增加了 21 世纪初出版的四部书：

7.《两种旅行的足迹》，上海：上海文艺出版社，2000 年。

8.《耶鲁笔记》，厦门：鹭江出版社，2002 年。

9.《千面女神——性别神话的象征史》，上海：上海社会科学院出版社，2004 年。

10.《现代性危机与文化寻根》，济南：山东教育出版社，2008 年。

其中两部是学术随笔：《两种旅行的足迹》是讲述 20 世纪 90 年代访学澳大利亚、加拿大和美国的见闻和札记。这次再版又补充了 21 世纪初年访学英伦的若干则笔记。《耶鲁笔记》是 1999 年笔者调入中国社会科学院后在美国耶鲁大学短期任教时的学术随笔集。另外两部则是学术专题著作：《千面女神——性别神话的象征史》，是笔者第一次尝试出版的图文并茂之书，根据在耶鲁大学期间收集到的资料，用数百幅彩图呈现世界各地女神的风采，并从学术上描述当代风起云涌的女神复兴运动。《现代性危机与文化寻根》则是我从海南大学调入中国社会科学院后，与文学研究所所长杨义先生共同主持的第一个院重大项目中，由本人撰写的当代文化理论专题著作。

这十部书，从1980年代最早写出的《英雄与太阳》和《中国神话哲学》，到2008年的《现代性危机与文化寻根》，前后历时约20年，总体上可以呈现出个人所经历的学术成长之路：从早年学习马克思主义原著（本人在1983年发表的学士学位论文是《马克思主义人学初探》），转向全面关注和译介当代西方文学理论，曾经特别关注的三大文学理论流派是神话—原型批评、结构主义、精神分析。本人早年的学术起步期，除了马克思、恩格斯的原著之外，也深受这三大理论流派的影响。如《英雄与太阳》和《中国神话哲学》两书，表现出神话—原型理论和结构主义理论相互融合的深刻印记；而《高唐神女与维纳斯》《〈诗经〉的文化阐释》等，则带有浓重的精神分析理论的色彩。直到同时期或稍后写的《太阳女神的沉浮——日本文学中的女性原型》《阉割与狂狷》，以及在海南大学时主编的《文学与治疗》《性别诗学》等，仍然透露出相当强烈的精神分析、女性主义或性别研究加文化分析的治学倾向。

正是由于常年沉浸在多种理论与方法思路的训练和运用实践中，因此个人在问学道路上能有某种博采众长的经验积累，给后来的文学人类学一派跨学科研究，并努力创建中国版的文化理论体系，带来某种必要的前提条件。如今回头看，要总结归纳出以上十部书的共同旨趣，那就是为2009年正式提出“神话中国”理论命题，做出的前期铺垫和理论准备。从新兴交叉学科的意义看，则是给具有中国本土特色的人文新学科——

文学人类学——的问世，所做的问题探索和个案研究尝试。

2010年夏，笔者在上海交通大学创建文学人类学研究中心。2017年冬，在文学人类学研究中心基础上，又组建起神话学研究院。2019年4月，神话学研究院协同中国社会科学院比较文学研究中心主办的学术专刊《神话中国》在北京的三联书店问世。其宗旨是拓展并完善文学人类学派独家倡导的“神话中国”理论：神话并不是归属于文学的一个子类；神话是文史哲、宗教、政治、艺术等意识形态的共同源头。神话讲述活动大大早于文字的起源，它先是伴随着人类语言叙述能力的口传文化传统，在文字起源后衍生为书面记录的最早的重要内容。驱动神话发生发展的是初民的信仰观念和想象。

“神话中国”论旨在突显中国文化的上古时期并没有经历类似古希腊文明的哲学—科学突破为标志的“轴心时代”，中国文化的特征是自古及今都被神话思维、神话观念和神话信仰所笼罩，包括“中”的神话地理观和“国”的神话政治观。主体民族“汉”的命名则起源于“天汉”的神话天文观。如果说中国有哲学，那一定是某种大大有别于西方哲学形而上思维传统的“神话哲学”；中国的正史则是一部名副其实的不断延续的“神话历史”。“神话中国”的第一神山昆仑，充分体现着华夏文明独有的万年玉石神话信仰驱动的国家级的资源依赖现象，其原型是盛产全球最优质透闪石玉即和田玉的新疆南疆“于阗南山”。从于阗南山即昆仑地区向中原文明输送和田玉的历史，便成为一部“玉成华夏”的4000年国史，其运输路径则成为德国人命名的“丝路”之中国本土原型。

回到对“丝路”的学术认知方面，正是在30年前陕西西安举办的一次学术会议（1989年6月，陕西师范大学中外文化研究交流中心举办的“长安、东亚、环太平洋国际学术研讨会”）上，笔者提交的论文《文化研究中的模式构拟方法——以传统思维定向模式为例》，基于对传统思维“东向而望”的定向模式的反思与超越意识，倡导一种向中国西部开放的反潮流新理念，并正式提出“重开丝绸之路”的理论设想。就连精神分析学的顶级释梦专家也不会预料到，30 年前一个西部书生的斗胆梦想，竟然变成如今举世瞩目的现实景观。

如果说“神话中国”论要开启对中国文化的深度认知新境界，那么这种深度认知的模型，一定是始于 30 多年译介神话—原型理论和结构主义方法时摸索出的“模式构拟”研究范式。所不同的是，如今的“模式构拟”已经完全依据本土文化传统的现实，升格为前文字时代“大传统”与文字书写时代“小传统”对接的文化理论体系。

以上对这十部书的来龙去脉的简要回顾，或已引出某种学术发展的前瞻意识。窃以为，在如今这个文化变迁速率大大超常的时代，治学者十分需要的就是这种基于学术史自觉的前瞻能力。

是为序。

作　者

2019 年 4 月 25 日于上海

代序

PREFACE

『世界眼光』与『中国学问』

中国人关起门来做学问的历史太长久了，因而对外来的学术向来持怀疑和不信任的态度。这种情况直到封建国家解体时才有所改变，但至今还不能说已彻底改观。“五四”以来的有成就的学者，几乎没有一个不曾同外来学术相接触，人们日渐意识到，故步自封、作茧自缚式的国学传统已经不能不抬起头来面对世界了。然而，愈是要吸收外来的东西，就愈是感到自己已有的东西似乎成了包袱。如贝尔纳所言：“学习中的最大障碍，不是未知的东西，而是已知的东西。”鲁迅一方面高呼“拿来主义”，一方面要求学生“中国的书不要读”，似乎对已知的东西已形成一种恐惧。郭沫若则一再声明，中国人既然也是人，不是神也不是猿猴，那么就不应以“国情不同”为由拒斥外来的东西。闻一多、郑振铎、茅盾等则在吸收借鉴西方学术的基础上为刷新国学方法而做实际的探索。

以上是我读大学中文系所获得的最大教益之一，也是我走入学术研究领域的一点认识背景吧。最初是想搞理论研究的，为了弄懂马克思，不得不转而求教黑格尔。没料到在震惊之余，对当今国内常见的那种凭空构造理论体系的学风产生了莫名的抵触情绪。于是打算在学习外来理论与方法的同时，转向实际的研究。1983年在北师大进修时，因准备《圣经·旧约》的教案而读了巴金先生捐赠北京图书馆的弗雷泽大著《旧约民俗学》英文本，发现黑格尔和马克思那种俯视全球的学术气魄以更惊人的形式再现于这位早期人类学家的著述中。为了论证《旧约》挪亚方舟神话，他引用了遍及五大洲各个角落几十种不同文化的旁证材料！原来这种跨文化的宏观视野本身就具有一种透视事物本质的演绎性阐释功能。难怪探索社会发展本质规律的马克思晚年对人类学产生那样大的兴趣。局限在单一文化传统中不得其解的东西，借助于这种视野常可收到意想不到的解释之效。比如《天问》中关于昆仑“焉有石林”一句，几千年来不知有多少千奇百怪的猜想臆测，但无一切中要害。闻一多干脆宣布“无事可考”，以免再浪费国人的时间和智慧。可是一旦看到巴比伦神话中的宇宙山石树林的描述，我们顿时明白那玉石树木是不死的永生乐园所在，而中国的“昆仑悬圃”一词也同巴比伦“空中花园”完全对应了。就连《圣经》的伊甸园神话也是脱胎于此呢。

在阅读了一些人类学书以后，1984年我写了一篇试用跨文化演绎方法的读书札记《神话·仪式·风俗·文学》，把日本神话中的“天之御柱”、中国贵州的“鬼竿”、澳洲土著的“立木”和欧洲的“五月柱”风俗加以比较，解释了一些相关的文学现象。此后对人类学的兴趣与日俱增，一边翻译，一边写起论文。一篇用原型批评方法解析巴比伦史诗的文章受到《民间文学论坛》的礼遇。由此而于1986年应“走向未来丛书”之约，写了介绍和应用原型批评的小册子《探索非理性的世界》。

不知不觉从黑格尔转向了弗莱。这位加拿大批评家特有的渊博、悟性和思维深度给人极深印象，甚至觉得黑格尔也有时稍欠严谨了。当时我对弗莱所能做出的一个批评是，他多少受欧洲中心的知识结构限制，所提出的“文学人类学”似有“半人类”之嫌。真正的文学人类学理论的建立，恐怕有待于将东方文学伟大遗产放在相应的位置上。出于这种考虑，在评述原型模式理论时，我加写“原型模式：从西方到中国”一节，期望通过中国材料的译解，验证人类学模式分析法的演绎可行性。

1987年出版的译文集《神话—原型批评》使我被误当成原型理论的全力倡导者。其实这里面有出版方面的原因。本打算按流派逐一译介20世纪西方批评的成就，并没有盯住一家不放的意思。谁知随着学术贬值，所组译的另五部书——《结构主义神话学》《文学与精神分析》《文学符号学导论》《结构主义诗学》《解构主义批评》除第一本于1988年问世外，至今都在家“冬眠”。

系统译介的受阻更促进了我搞应用研究的尝试。在与友人俞建章合写的《符号：语言与艺术》一书中，我想用皮亚杰的发生学思路重新考察艺术起源的过程，再从神话思维符号的角度论证原型的生成和传播，追溯了比兴及隐喻思维从神话思维脱胎的情形。1988年完稿的《中国神话哲学》（中国社会科学出版社1992年1月版）综合结构主义和原型模式方法，尝试构拟中国神话宇宙观的结构体系，探讨了中国哲学思维模式及范畴的神话起源。该书导言还斗胆提出在实际研究中沟通国学与西学、借助人类学视野和演绎功能改造传统考据学方法的问题。接着写的《英雄与太阳——中国上古史诗原型重构》（上海社会科学院出版社1991年7月版）在同一方向上继续探索，用跨文化的模式分析法试图重构失传的上古英雄史诗，并概括出这种方法的基本原则——从经验层次到非经验层次，透过作品考察文学现象生成转换的规则。

后来，我的兴趣从父权制文化的男性英雄神话转向更为深远的原始女神信仰，试图从大背景中透视儒道两家的思想渊源及各自的神话原型。《高唐神女与维纳斯》与《老子与神话》两个课题是这方面的先期作品，其中吸收了象征人类学、心理人类学和女权批评的某些成分。

学然后知不足。立足中国尝试文学人类学研究需要在两方面努力，一是国学基础，二是借助西学方法和材料建立世界眼光，二者缺一不可。我常想，假如乾嘉学派大师们能借鉴人类学视野和材料，那么今日的国学该是什么样子，而博大精深的中国文化（尤其是象形汉字）对人类学的发展又将做出怎样的重大贡献？1990年在澳洲几所大学人类学系访学以后，这种“双向沟通”的意识更为明确了，这将作为努力方向。我还感到我们的文科学科划分对于知识结构限制很大，学外文的无暇去钻《诗》《骚》，学中文和历史的又难过外语阅读关。时下兴起“钱钟书热”，可究竟有多少人能自觉效法这位脚踏中西的大师，在两个方向上同时掘进呢？

往者不可谏，来者犹可追。我想引用华裔人类学家张光直先生的话，与有志于从事人文研究的同仁共勉：“讲中国学问没有中国训练讲不深入，但没有世界眼光也如坐井观天，永远讲不开敞，也就讲不彻底。”

本书是我20世纪90年代以来一些札记性的文字结集，共分为三篇。上篇收录的是几次海外游学的见闻手记，其中也有些涉及学理上的问题，但未写成专题论文。中篇则是几年来尝试文化研究的一组解读札记。基本上是一题一议，力求能解析出文化现象背后的所以然。下篇围绕着文化人类学与“国学”相接轨的议题，汇集了与“三重证据法”的尝试相关的一些阅读笔记。希望我们试验该方法的“中国文化的人类学破译系列”，能为更广大的读者所了解。收入该系列的著作因部头稍大，专业性太强，恐难为一般读书人所接受。这里借笔记体的灵活多样形式，对于编撰此一系列丛书的背景和宗旨做出补充性的说明。除此之外，下篇中还收录了与文学人类学相关的若干读书札记。

假如此书所述的“两种旅行”有误入歧途之处，还恳请读者诸君不吝赐正，指点迷津。

目录 CONTENTS

上篇　澳洲美洲访学手记

中篇　文化解读札记

下篇　“三重证据法”阅读笔记

上篇

澳洲美洲访学手记

微笑语言

20世纪90年代第一春，为了赶在那个敏感的日子之前，我们订了6月1日从北京飞往墨尔本的机票。这一天晴空万里，我们四人在北京机场候机厅内已经大汗淋漓了。据说澳洲那边正值隆冬，所以我们上机前已在初夏的北京换上了冬装。按照规定，凡国家公派访问者都只能乘坐中国国际航空公司的班机，尽管其单程票价高达5000多元，比外航昂贵许多，不过还是“肥水不得外流”嘛。机上的空姐们无论就长相还是教养，似乎都比国内航线的略高一筹，待人接物的态度也都还差强人意。不过后来才听说比起外航来，中航收费高且服务差，主要是所有的服务人员都不善笑。只是由于我们长期以来看惯了冷若冰霜的面孔，动辄遭白眼挨训斥，那点人之所以为人的自尊早已变得麻木，以至于见怒不怪了。可是当我们走下飞机来到墨尔本机场海关时，反倒觉得有些奇怪：为什么这些把关的先生女士们都是那样笑容可掬呢？原来听说澳洲是与世界其他大陆完全隔绝的大洋孤岛，因而也是细菌和病毒最稀少的地方之一，凡外来入境者均需经过严格盘查。在机上又被告知所有乘客携带的任何食品（包括烹饪用的调料）都必须在入境前处理掉，还要仔细填写一张两面印满密密麻麻小字的报关单……所有这一切都给人如临大敌之感，生怕遭到冷脸和刁难。完全出乎意料，把关女士只问了两句话："你懂英语吗？"我说"Yes"。"能理解报关单上的话吗？""Yes."就这样便微笑放行了。仅两个Yes就能蒙混过关，这在我们的经验中和想象中都似乎是不可能的。伴随着这种始料未及的庆幸感，我似乎体会到了一种对人的信任和尊重，那海关女士的微笑就成了我对这个南半球国度的第一印象。

我们本来预定当日在墨尔本转机飞往南澳城市阿德雷德，一时间生发了在墨尔本观光一下的念头，但又不知能否办理机票签字手续。正在推着行李车犯愁，又一个笑脸便迎了上来。"我能帮你吗？"来人是同机的一位和善长者，头发灰白，高鼻梁上架着一副银丝眼镜。后来才知道他正是我所要去的阿德雷德大学的一位教授。当时我们素不相识，他看到我们在为难便主动上来帮助。我说明了要在墨尔本逗留的意图，他拿起我们的机票走向服务台，两分钟后便办妥了签票手续。效率之高又是出人意料的。

告别了好心的老教授，我们想给在墨尔本的朋友打电话联系住处。谁知在课堂上学的那点英语在此不够用了。电话机很多，都要先吃30分硬币方可使用，我身上只带着面值10澳元以上的纸币，无奈又得求助于人。这一次是服务员的笑容。他不但给我换了硬币，还告诉我若电话未打通如何让话机退币。

未出机场便三逢笑脸，后来细细一思量，也难怪，笑本是人的生理本能，婴儿不教即会。记得一首叫《地球真小》的英语歌中有云：

A smile means friendship everywhere.（微笑是超国界的语言，意味着友善。）只是由于不同的文化氛围改造了人的笑本能，我们国人在面对生人时是不会轻易露笑的。这一点也许能算是中西文化的差异吧。日后在车站、商店、饭馆、邮局、图书馆，几乎所有的澳洲服务人员都笑脸待人，甚至街头长椅上闲坐的老人、早晨在马路上跑步的青年，相遇时也会对你微笑地道一句“你好”。然而碰到我们黑头发的同胞，总是那样没有笑意的面孔，间或看你一眼，你在那眼神中所体会到的常常是一点微弱的认同感和强烈的戒惧心理。可悲可叹，我们这些炎黄子孙即使到了海外，也不能坦然相对，笑脸相向吗？

颠倒乾坤

初到澳大利亚的人也许都会有这样一种乾坤颠倒的感觉：怎么一切都是反的呢？原来澳洲因地处赤道南面，日照规则与北半球恰恰相反。太阳从东方升起后不是往南而是往北运动，然后由北而西，走完一天的旅程。这样阴差阳错的结果，使我们这些来自北半球的人更加重了异国他乡之感。随之而来的是一连串颠倒的事物：马路上车辆不是靠右行驶，而是靠左行驶。如果你骑上自行车，总是改不过来靠右行的习惯，动不动就会向迎面奔来的汽车撞去，那种感觉可真够刺激的。更困难的是在公路十字路口拐弯，靠左行的车向右转弯必须等待专门信号并且走专设白线区。不熟悉这套规则的人往往束手无策，最后只好下车推着走人行道。

从国内新来的语言生G君过去干过司机，来后1个月便用3000澳元买了一辆八成新的丰田车。尽管他持有驾驶执照，坐他的车还是让人提心吊胆。往往开着开着便不自觉地滑向右道，在拐弯和超车时更容易弄错方向。有一次几乎与迎面来的卡车相撞，在一串喇叭声中落荒而逃——顺便说一句，在澳洲机动车一般都不使用喇叭，只有在碰到违反交通规则的“不法分子”时才鸣笛以示抗议，其行为在澳洲大约相当于我们的骂人了。

车辆靠左行的规则不仅给驾车人造成不习惯，就连行人也须格外小心。因为每当过马路时我们已经习惯先向左看有无来车，现在却须先向右看，看后无车仍不放心再向左看，就这样左顾右盼半天，头摇得像个木偶，最后方敢起步。那种狼狈之感非亲历其境者是难以体会的。由于当地的行车时速往往高达100公里，一不小心就可能招致祸端。报章上常有报道说某时某地中国学生因车祸遇难，其原因大致有二：一是不熟悉规则或有章不循；二是说学生往往超时做工弄得精神委顿，半夜下工后摇摇晃晃地横穿马路，被飞驰的车辆撞倒。一位来澳进修的英语教师已经完全度过了学习期即将乘机回国了，却不料在最后一天不小心倒在车轮之下。当我离开这个犯罪率很低而交通事故颇多的国度，重新乘上北京的公共汽车时，方感到松了一口气。尽管同飞车国度相比我们的车慢得像牛车，但与慢节奏互为表里的毕竟还有安全感。

说到颠倒乾坤的见闻，还有许多令人回味的“颠倒”现象：如邮政车和邮筒不是墨绿色而是红色的，初看会让人误以为是火警信号色；几乎所有的商店到了周末都要关门，似乎是在严守上帝规定的“休息日”制度，害得人们必须在星期五这一天采购好一切食物。星期日除了教堂和旧货市场以外，街上看不到多少人，这同我们星期日上街购物并散心的习惯极不相同。我们到墨尔本的次日便逢周日，走在街上空空荡荡。在市郊火车和有轨电车上碰到的人竟然半数以上是黑头发的——大部分来自中国和东南亚，他们周日出门不是为了消遣，而是为双倍薪金去加班做工。面对此情此景，我不由得要为这些身处异域的炎黄子孙感到悲哀。没出国前都以为到了国外就可享福，现在方知由于经济原因在澳华人十之七八均为人下之人。有些在国内大名鼎鼎的歌星、运动员，到了这里也只有靠出卖体力维生——这真是另一种意义上的颠倒乾坤。

糟糠变精华

澳大利亚人自诩是多元文化国家，近一世纪以来的移民浪潮使这个南洋岛国成了欧、亚、非各地移民纷至沓来的多民族聚居地。除了来自英国本土的盎格鲁-撒克逊人之外，国民的另外一些重要来源是意大利、希腊、德国、印度、马来西亚、新加坡、越南、柬埔寨、印度尼西亚和中国。为了适应这种民族和文化上的多元性，政府采取了一些相应的措施。如专设了一个SBS电视台，用各种不同的语言播放不同国家的优秀影视节目。像《红楼梦》这样的中国影片用中文播放，收视率依然可观。

最能体现多元文化特色的莫过于澳洲人的口味。在国内旅游每到一地都要寻访所谓地方风味，但是澳洲却几乎没有什么独特的地方风味，到处都有的是国际风味。墨尔本作为澳洲第二大都会也是典型的多元文化城，市内一些古老的商业街上由各国移民开办的餐馆鳞次栉比，像印度餐馆、马来西亚餐馆、柬埔寨餐馆、阿拉伯餐馆、意大利餐馆、中国餐馆，都是较受欢迎的。每到周末，总是宾客满堂，灯火通明。澳洲人似乎对各国风味都能兼容，尽管欧洲风味的意大利餐馆更受青睐。

在我们心目中，原以为西餐都是一个风格，虽有差别，也只是大同小异。但在几次光顾意大利小吃店之后，才感觉到起源于希腊罗马传统的意大利口味很不一般。比如意大利炒面，由于面的形状、成分和烹炒时配料的不同，竟有10多种不同名称。当招待把菜单放在你面前时，往往让你哭笑不得，除了价格一目了然之外，其他所有名目一概不知所云，这样，最佳选择只能是不选择地“乱点鸳鸯谱”了。经过多次介绍和亲自品尝，我终于有幸能够区分多种不同的面了：

斯巴该提：类似于我们的面条，用西红柿洋葱烩牛肉臊子拌炒。

林归尼：扁圆形粗面条，用奶油和牡蛎（或其他海鲜）拌炒。

萨瑞奥利：一种用绿叶素加面制成的方形中空面块，内装用奶油和腊味做成的馅。用奶油和海米拌炒。

麦克饶尼：中空管状一寸长面段，用鸡肉和奶油拌炒。

同中国炒面相比，意大利面食味道单纯得多，配料偏重奶油和黄油。像醋之酸、辣椒之辣、花椒之麻等味道似乎与西餐无缘。这使我想起林语堂先生讲中国人饮食特点时所说的一句话：中国人吃地球上一切能吃的东西，我们唯一没有发现也不会去吃的食品是奶酪。由这句话可以追溯到中西饮食文化差异的根源：西方文明发源于雅利安人游牧文化，故奶酪、黄油等动物类蛋白和脂肪成为西餐中必不可少的基本成分。华夏文明发源于黄土地上耕种小米的农业文化，故其食品以植物类蛋白和植物油为主，肉类只作为副食，在古代甚至是奢侈品。无怪乎孟子描绘理想社会的根本标准是老人能吃上肉。这又使人想到中国人在具有身体对抗性的体育比赛（如足球、篮球）中总难免失利，国人对此又总是怨天尤人，抱怨队员或教练。殊不知，我们这个小米民族同以奶酪和肉类为主食的洋人在体质特征上本来就存在天然差异。倒是在一些侧重机敏和技巧的运动项目中，如乒乓球和羽毛球，由于没有直接的身体对抗，所以充分显示出小米对肉食的绝对优势。

澳洲人秉承西方饮食传统，对肉食有特殊偏爱，但一般都不喜欢吃猪肉，这又同我们大异其趣。牛肉以瘦肉为主，是最佳肉食。在超级市场的肉食部，牛肉按照不同部位出售，不同部位有不同名称，价格相差甚多。其次是羊肉，也是按部位划分定价的。差一些的部位特别便宜，一般被用作Pets之食，Pets直译是宠物，指家养猫狗等。更便宜的是肥肉，半个澳元可买到一公斤好膘，比起国内还便宜得多，可是由于营养学的普及（社会上有相当一部分人受过营养学教育，并以此为职业），人们对胆固醇十分畏惧，肥肉不仅人不吃，连喂Pets都不要。猪肉大概也因为含肥肉较多而受人冷落。初来的中国学生对此往往有些震惊：连猫和狗都要吃鲜肉喝鲜奶，而且还挑肥拣瘦！有一位新来的学生在市场上用5角钱买了一大袋无人问津的肉，用它请了两次客，还包了一次饺子，只用掉肉的一半。细细算来，这样唯便宜是购的吃法倒比国内伙食费还省呢。

按照西方习惯，三餐中以晚餐为重。早餐一般是牛奶或麦片粥，面包夹黄油。现代营养理论对于动物脂肪的戒备已经使许多西方人改变了千年来的口味：放弃黄油而代之以“玛庶润”，后者是用植物油制成的仿黄油。尽管外观同黄油并无二致，但一尝就知道远不如黄油香美。中餐以快餐为主，三明治或汉堡包是最常见的。因为没有午睡习惯，中午时间很短，没有人去做饭，只有晚餐才大动干戈，当然是以肉食为主。只有华人依然保留着传统习惯，以大米或面条为主食。澳洲虽然没有专门供应粮食的粮店，但粮食品种之丰富远非国内可比。在市场上可以买到澳产大米和泰国产的大米，后者约1澳元一公斤，是特级香米。用它煮饭真是满室清香。吃惯了泰国香米，其他的米都觉得没味道了。至于面食，澳洲人喜爱加工好的面条之类，很少有人去买白面做饭。买面包则以黑面包为贵，尤其是在面粉中掺了某种糟糠的面包，售价最为昂贵。

这一点曾使许多中国人大惑不解。记得还是小时候吃“忆苦思甜饭”时尝过糟糠和麸子，在我们心目中，精米细面才是高营养而且又好吃的，所谓“富强粉”只有凭特需供应方可购买，价格自然在普通粉之上。在澳洲市场上同澳方友人一起购面包，总会听到这样的规劝：“可别买那种精白面包，对你身体没好处呀。”再看看当地人，发现有钱人大都选购黑面包，看上去像我们的高粱面之类的杂粮。更奇特的是，货架上还摆放着各种加工过的糟糠麸子类原料，一问才知是当营养品掺在其他食物中食用的。由于外观上的类似，我有一次竟把一袋麸子当成麦片买回来了，真没料到出国留洋会有幸再尝“忆苦思甜饭”。

这件小事常使人想起国人关于区分精华与糟粕的哲理，后来终于悟出了二者的辩证关系。其实，对待传统文化和外来文化，本无法硬性地去机械划分精华与糟粕。我们常说的“吸取”和“剔除”，只是相对意义上的措辞而已；一旦现代营养学把糟粕奉为“精华”，把精华贬为“糟粕”，对立面发生了如此戏剧性的转化，那理想化的“吸”和“剔”也就无从下手了。

还有一个例子是味精。顾名思义，乃味中之精。从制造过程看，是从粮食精华中提取的精华，可谓“精”之极矣。可西方人却称之为“亚洲毒药”，不仅所有的餐馆中禁用，而且，市场上根本无售。倒是中国人开的店中可以买到。一次应邀到澳洲朋友家表演中国烹调术，在凉拌黄瓜中小施味精，没料到主人在赞赏美味的同时还感到头有点疼。他在细问调菜配方后才发现，原来是中了“亚洲毒药”的毒！

澳洲人的婚恋观

20世纪60年代席卷西方世界的性解放运动至今早已烟消云散，但它给西方文化与社会生活所造成的影响却是异常深远的。社会学家们不得不承认，像罗密欧与朱丽叶那样的爱情故事已经属于遥远的过去，成为爱情古典时代的标本了。尽管英语中的LOVE（爱）这个词的使用频率有增无减，但它的实际含义却日趋淡化、泛化，按照古人所说的“话说三遍淡如水”的逻辑，它早已失去了在爱情古典时代所特有的那种激动人心的效力了。

在澳大利亚这个被浩瀚大洋从空间上与西方世界远远隔离开来的岛国，由于西方传统的作用和现代传播媒介的功能，从生活方式到价值观念都完全是西方化的。如果说毕竟还有差别的话，那也只是程度上的，而不是实质性的。澳洲人对英国文化的认同感十分强烈，因为许多人的父辈或祖辈都植根于英伦三岛。但是澳洲人同时有一种独立于英国传统文化之外的优越感，以为自己不再像祖辈那样背负着传统的包袱，不再像英国绅士那样保守、古板，变得更为自由豁达。同为以欧洲文化为根的新兴国家，澳洲人又对美国人颇有一点不以为然的感觉，觉得美国人走得太远、变得太狂了些。这种文化与人格之间的微妙差异最为突出的表现在语言的变化上，澳式英语从发音到惯用语都有其自己的特点，既不像美式英语那样随心所欲，又似乎比英式英语轻松自如一些。澳洲人平时谈论到性（sexuality）和婚恋方面的话题，就好像谈论穿衣吃饭一样自然。在一次心理学训练班上，一位妇女进行自我心理障碍分析时非常坦率地讲出了自己童年时被父亲施以性虐待（sexual abuse）的经历，令在场的中国学员目瞪口呆。要知道，这类事情在中国是永远难以启齿的，更何况是在大庭广众面前。

澳大利亚青年从18岁起宣告成人，一般都要从父母家中搬出来，自己租房独住，以显示个人的独立性。如果谁年过20尚未过独立生活，舆论就会对他形成某种压力，认为他依赖性太强，不会有大的出息。与此种独立生活习惯相应，性、爱、婚姻之类的事当然由自己全权处理，做家长的只提供参考性意见，一般不会干预。两性之间的交往几乎毫无顾忌，作为个人的私事，只要不触犯法律，别人是无权过问的。非婚同居并不是什么不光彩的事，其普遍的程度已经足以同传统的婚姻关系相抗衡，不仅同样受法律保护，而且也不会招致道德舆论的谴责。

我的朋友马泰博士是墨尔本大学政治系高级讲师，70年代曾卷人风靡一时的嬉皮士运动，现在从事中国学研究。30多岁尚未成婚。他有一个同居伙伴是马来西亚籍的学生戴布拉，两人感情甚笃，相处融洽，平时马泰去学校工作，戴布拉操持家务并帮助马泰修改书稿。她还从母亲那里学得一套马来风味的烹调技术，每天晚餐都有一两道马来西亚菜摆上桌子，以致马泰完全改变了西餐食俗，对东方式的米饭炒菜产生了浓厚的兴趣。由于戴布拉已怀孕数月，她暂时不打算谋求职业，要等到孩子带大一点再去工作。我问马泰："像你们这样的同居关系，日后有了孩子怎么办？"他回答说：法律对同居所生孩子和婚姻生子同样予以保护，既不存在报"户口"的问题，也没有传统文人中那种对私生子的歧视，就连这个词现在也不大使用了。所以没有什么可忧虑的。唯一的顾虑是戴布拉的父母方面，这对马来西亚夫妇固守东方传统道德，希望马泰同戴布拉能正式结婚。实际上，像马泰与戴布拉这种关系是有实无名的婚姻，他们之所以不要婚姻之名分，是不愿意屈从传统价值观的表现，这同过去那种有名而无实的婚姻，有名分而没有爱情的家庭形成鲜明对照。这使人想起恩格斯的著名见解：判断两性结合道德与否的尺度不应是婚姻而应是感情。

马泰博士的情形只是同居关系中的一种。另外还有试婚式的同居、交友式的同居、猎奇式的同居和同性恋式同居等多种。一个姑娘可以同时有几个同居伙伴，也可以相对稳定地同一个人保持性关系，通过试婚式同居走向婚姻。总之，异性之间的交往从一开始就并不一定以缔结婚姻为目的，这就使感情的游移变幻具有更多的自发性，像"用情不专""喜新厌旧"之类中国式措辞在这里是不适用的。这种情形使我想到美籍华裔人类学家许烺光在《美国人与中国人》一书中所做的对比："在中国思维方式中，男女之恋（除了卖淫）只能是婚姻的前奏。而美国人的态度则倾向于一条涉及爱和性的直线，后者必须与前者相联系，才是高尚的。但通往结婚、生小孩的道德则不在此直线之内，因为爱和性的关系并不一定就对此感兴趣。"就此而言，澳洲人与美国人相差无几。

与社会生活方式的变革相适应，澳式英语中partnership一词成为日常用语中使用频率极高的一个。在旧版的《牛津英语词典》中，对这个词的解释是："合伙；合股经营的商业。"而今日在澳洲人口中却特指同居关系。传统观念把夫妇以外的性结合对象称为情人，形成合法的婚配关系与非法的情人私通之间的二元对立。当我们用"情人"（lover）这个传统词语去指称当今的同居关系时，没想到受到澳洲朋友的批评。他们认为由于同居的完全合法化，情人这个蕴含着非法私通意味的词已经不再流行了，用它来指代同居者，多少都有点不恭敬，合适的措辞应为"同居者"（partner，原指合作者，合伙人），这个词完全是中性的，使用中不带任何褒贬色彩。看来随着西方人婚恋态度的变化，将来再也不可能产生像《法国中尉的女人》《查泰莱夫人的情人》这样一类以LOVER为主题的轰动作品了。文学毕竟是以现实生活为土壤的。在西方失却轰动效应的"情人"一词也许在视同居为非法的东方古国仍然具有相当的刺激性，前不久盛传一时的报告文学《中国的情人潮》也许便是明证。与此类似，在澳洲，所谓"成人书店"生意极为萧条；成人影院也是观者寥寥，往往一场中只有屈指可数几个观众——大多数为白发老人。而在中国，一部影片不论优劣，只要有幸荣获"少儿不宜"的招牌，上座率便可成倍增长。这或许应验了接受美学家津津乐道的"禁果效应"吧。

不是吗？性禁忌的解除在西方导致了性的淡化，甚至出现了以"性是必需的吗？"为标题的著作；而禁果效应在中国仍然无形中主宰着作者与读者，驱使导演们不厌其烦地编造出各种床上戏乃至女人洗澡的镜头。单从艺术效果着眼，欲露故藏总是比和盘托出更胜一筹的。

澳洲人的确已把性与爱说白了。在传统势力较为深厚的个别州如南澳，同性恋与卖淫尚未合法化，于是电视台便经常性地播放有关同性恋的公开辩论，让若干典型的同性恋者当众现身说法，帮助他们（她们）赢得公众的同情与支持，要求获得合法地位。其实，法律对同性恋者并没有多少干预，只是公众舆论还没有把同性恋看得同异性恋一样正常，因而使同性恋者感到有些受歧视。不过，这种状况正在改变之中，越来越多的人变得越来越宽容。一个常见的理由是，性行为方面的正常与异常并无绝对标准。传统观念的产生和延续只不过反映着多数人的行为模式，只有假定多数人为正常，才会相对地把少数人的同性恋倾向视为异常。这种假定本身便有不公正的一面。个人爱好有如口味，是不应强求一律的。正像多数吃荤的人不应把少数吃素的人划为异常，强迫他们吃肉一样，多数异性恋的人也不应把少数同性恋者划为异常或变态。只要不侵害他人和社会，个人应有保留自己爱好和口味的权利。

常言说“口味无争辩”。上述理由乍听起来似不无道理，但新的疑问随之而来：假如同性恋因合法化而日益蔓延，有朝一日在数量上占了优势，会不会反过来把少数异性恋者视为反常？到了那时，人类岂不要面临灭种之灾？

五天牛马两天猪

早在国内时就曾风闻澳大利亚继日本之后成了中国青年学生蜂拥而去的“黄金国”，一到澳洲便发现街头巷尾的青年同胞确实为数不少。其中最多的来自中国第一大城市上海，其次是厦门、广州等沿海开放城市，再次是北京、沈阳、大连等北方城市。至于西北西南地区则极少。在这些留学生中，大部分是自费语言生，也就是在国内交纳了数千澳元（1澳元约折合人民币4元）学费，到澳洲的语言学校来学习英语的，年龄一般20多岁，也有30多乃至40岁的。少部分是公派或自费出国在大学中攻读硕士或博士学位的。这部分人在国内都是科班出身，有自己的专业方向，英语也基本过关了。在语言生和学位生之间，由于“出身”不同，存在着天然的隔阂乃至敌对情绪。语言生认为公派留学生只能靠“吃皇粮”出国，在国内会巴结领导讨好群众，不一定有真本事。到了“自由世界”全凭自己闯天下，原来那一套行头完全不中用了。而在学位生眼中，这些语言生在国内有不少是社会渣滓，没有受过正规高等教育，靠投机倒把赚了钱，到国外来开洋荤的；还有些是靠娘老子资助的窝囊废，在国内社会中挣扎不出个地位，想在国外混个前程。就这样，同为浪迹南半球的炎黄子孙，彼此之间却没有多少乡情和认同感，而造谣中伤、揭发告密之类的事时有发生。传统文化中那种“窝里斗”的劣根性，看来就是走到天涯海角也摆脱不掉了。

我于1990年6月抵达澳洲时，中国留学生问题在社会上引起经久不息的论辩，一度成为大众传播媒介关注的焦点。据统计，近年来先后来澳学习的中国青年有4万多，其中80%以上是自费出国的语言生。他们中多数人出国的本来目的与其说是学英语，不如说是打工挣钱。澳洲几大城市的报纸上经常可见关于留学生的报道。像语言学校内空荡荡的教室，工厂中拼命工作的不懂英语的中国学生，下等公寓内肮脏而拥挤（学生为省钱而多人合住一室，睡地铺则可最大限度地利用空间）的学生住处，这一类消息，人们早已司空见惯。耳濡目染的结果，整个中国人在澳洲的形象都跟着一落千丈，绅士淑女们一提到Chinese students（中国学生）便摇头不已，似乎他们已经成了一群来自遥远的贫穷之国的、无教养的、违法乱纪的淘金者，给当地社会带来了混乱和问题。

其实，留学生打工并不是什么新鲜事。早在20世纪初，寻求民主和科学的中国留学生到欧美、日本等地勤工俭学，已经揭开了打工助学的历史。那时学成归国的青年知识分子有许多都成为中国革命史上的伟人或现代学术史上的巨匠。相形之下，今日中国留学生的素质早已今非昔比。被当代的出国狂潮裹挟到异域的青年人，不再抱有救国救民的宏伟抱负和历史责任感，他们当中的大多数只是为了个人利益而弃国远行的，他们思考和谈论得最多的话题一是如何延长在国外居住的期限，二是如何挣更多的钱。当然这两者之间是有潜在因果关联的。由于发达国家人均收入与消费水平远远高于我国，在国外出卖劳动力就成了中国人力求改变经济地位的普遍选择。在拜金主义的巨大诱惑下，打工的目的常常从一开始的“助学”发展为“致富”，这正是许多语言生干脆放弃学业，全力以赴投身于打工大军的原因所在。

墨尔本的一位朋友告诉我，留澳语言生中流行一句话，叫作“五天牛马两天猪”，它极为简洁地概括了多数打工学生的日常生活，原来澳大利亚同西方发达国家一样，实行每周5天工作制，周六和周日均为休息日。留学生们放弃学习到工厂企业中做工，按全日制计算正好一周5个工作日，这已远远超出了澳洲政府规定的学生找工每周不得超过20小时的禁条。厂方老板得知学生违禁超时打工，便故意压低报酬，学生则有口难言，只好吃哑巴亏，或在全日工作之余再谋其他零散工作，这样就要一天工作15个小时左右。往往是在工厂中干白班，4点下班后匆匆填饱肚子，马上奔赴第二战场——餐馆去干夜班。待到夜深人静，从餐馆厨房中走出时，已经是腰酸背疼，精疲力竭了。也许还得拖着半麻木的身体再踏上1小时自行车，方可回到宿处。即使倒头便睡，离爬起奔赴白班的时间也只有五六小时了。这样一周5天干下来，身之疲惫，乃有“牛马”之叹，而心之苦楚，又何言哉？剩下的2天周末，除了酣睡如猪之外，实在没有更佳的选择了。一来多日苦熬，夜以继日，睡眠不足，借此机会可以补偿一下，以利再战；二来躺在室内睡觉，可以免去不少开销。周末是富人抖阔，常人亦寻求娱乐、刺激，消费最旺之时。而留学生拼死拼活挣来的血汗钱绝不愿意轻易抛洒分文。于是乎，5天的“牛马”，以图最大限度的收入，2天的“猪”以图最小限度的支出，多多地挣，少少地花，这两个比喻恰如其分地揭示出打工者的基本经济战略。

也许有人会发问，既然出国挣钱如同牛马，干吗不待在国内混呢？问题在于付出牛马般苦力后的经济效益。有人算过一笔账：在澳大利亚每小时劳动力收入5至10澳元，日工作8小时可有40—80澳元收入，约合人民币200至300元。如果一天干2个工，收入还可加倍。也就是说当一天牛马所得相当于在国内普通人一两个月的工资。以每月20个工作日计算，月收入在800至1600澳元之间，折合人民币约3000至6000元。这样看来，实施“牛马”与“猪”的经济战略，每月生活开支可压缩在200澳元以下，净剩600至1400澳元。只要体力不垮，能支撑上1至2年，攒够一两万澳元是完全可能的。这个数目在国内靠正常工资收入得苦干一辈子。无怪乎甘心情愿当牛马猪的学子大有人在，而身处异国不为金钱欲所诱惑的留学生则寥寥无几。古人云“人穷志短”，信哉斯言。或许只有当我们的现代化建设远远迈过“小康”水平，人民生活与发达国家接近之时，这股席卷中国青年的出国热潮方可缓和，而留学生的“五天牛马两天猪”式的生活才能彻底结束吧。

在悉尼的一家杂货店，我碰到一位当店员的中国女学生。她来澳已有两年多并已结婚，丈夫也曾是语言生，现在一鞋厂做工。她除了当店员外，还在餐馆帮工。夫妻两人的目标是攒够10万澳元，然后——不是衣锦还国，而是去周游世界。这对夫妇的志向和苦熬精神很有代表性。人各有志，我想他们的人生抉择在他们经历了为出国而拼命奔波的劳苦之后，在澳大利亚这个地广人稀的岛屿国家之中，在大多数留学生辛苦谋生的大背景下，也是有其合理性的吧。

汉字的原型价值

1990年6月，作为高级访问学者初到澳洲最南端的阿德雷德大学，该校人类学系的主任约我见面。他从简历上得知我不是人类学科班出身的，就问我读过哪些人类学的书，了解多少家理论派别。他操着一口浓重的南澳方音，讲出的英语似乎同我们在英语课堂上学的完全两样。当问到著名人类学家特纳（Victor Turner）时，我听成了“特尔挪”，只好茫然地摇摇头。我这种专业知识上的欠缺好像使对方有些失望，话题又转到我此行的任务和打算。我说我多年来只有案头工作的经验，没有专门做过田野作业式的实地考察，希望此番能有机会深入到澳洲原住民社会中去。

他又问我的研究兴趣为何，我回答说我的兴趣和弗莱较为接近，主要在于人类学与文学的相关性和结合部上。他似乎不大了解弗莱的著作，因为这本不属于人类学的学科范围，自然难免把我的想法视为旁门左道。我很诚恳地向他建议，你们西方的人类学只关注世界各个角落中零零星星的原始部落，却几乎完全忽略了无比渊深的中国文化的独特价值。他让我举出实例来说明这种价值何在，显然是对我的提议不以为然。一个人类学者向别的民族的同行强调本民族文化的重要性，这岂不是犯了人类学所批判的“我族中心主义”（ethnocentrism）的大忌吗？这是我后来才意识到的一次有伤大雅的唐突事件。再碰到类似的场合，虽然还不免有要向西方人类学界“推销”我们自己文化的欲念，但多少学会了察言观色，不至于显得过于冒昧和一厢情愿。当时我举出的例子是我们象形汉字的活化石价值。又写又画，希望能引起对方的兴趣。但是好像效果并不明显，他不久把话题又转到该系其他教师的研究兴趣上去了。我只得暗中怨自己的推销术还欠火候。

1个月后，按照约定程序为该校亚洲研究中心的师生讲“破解汉字符码”（Breaking the Chinese Code），同样的内容拿出来，竟意想不到地大受欢迎。也许和听者多少有一点汉语知识有关吧。可真是应验了古人说的“道不同不相与谋”。

从那以后，借鉴原型或符号学理论去发掘汉字的人类学价值的念头，就牢牢地在心中扎下根。1994年8月在北京大学召开的“弗莱与中国”国际研讨会总算是一个机会，我用英文介绍了题为《原型与汉字》的论文，引起美、加等国同行的兴趣。2年后到多伦多大学访问符号学家波依萨克教授，这篇论文的提要曾使他大为兴奋，当即约我为他主编的《符号学百科全书》撰写有关汉字符号的条目（图1）。遗憾的是那本书截稿期迫近，我回国后忙于他务，只好又错过这次未经推销的“订货”机会。

为了弥补此一憾事，恕我将那篇文章的大意略述如下：

作者 1996 年 6 月在多伦多大学的弗莱研究中心查阅弗莱档案。墙上为弗莱生前像。

用文化人类学的“涵化”概念来看弗莱的原型理论在中国的传播，似应有相互作用和相互补充之效。本文便从双向“综摄”的意义上探讨原型与汉字的关联。

中国文化史上没有像希腊神话那样发展充分、保留完整的神话、史诗体系，也没有像《圣经》那样的宗教圣典，探求原型的途径亦应与弗莱有所不同。汉语文化的主要书面符号——汉字，因其“象形”特性而对原型理论有重要贡献。荣格、弗莱等对原型的释义均突出其“表象”“意象”的性质，这种“象”是通过语言的联想而构成的。汉字的初始形态以象形为基础，字体本身保留了造字之初的集体表象和象征意象，其中不少具有原型的意义，或者说是一种视觉直观的原型，可以补足西方文化表音文字之缺失，对于原型研究具有活化石的价值。

弗莱《批评的解剖》结束语中曾赋予批评家一项重要职能，即重构（reforge）被历史所遗忘的一些原始联系，如创造与知识、神话与概念之间的联系。就西方语言材料而言，这种重构工作相当艰难，而汉字的活化石作用则可事半功倍。造字者处在神话思维时代，象形字的表象对于理解从神话到概念的抽象化过程极有助益。如汉语“象”概念的发生便可从字形中获得直观启示：图画字的造字者最初努力把物形描画得逼真。当一头大象的草图完成，人们喊出“象”，这个“象”字在汉语中就成了形象、想象、象似等语的语根。甲骨文“象”字乃是当时中原常见的大象的速写图。但若追索西文image概念的原初表象，似无异于大海捞针。

再如中国哲学的至高范畴“道”与“一”均可由文字本身提示的原型表象得到溯源性的认识。“道”为农耕文化特有的猎头祭谷信仰进入文明社会后哲学化的结果。会意字“道”表示藏于首中的生命力、生殖力的循环不已。“一”与“道”相通，其原型为“壹”，从壶，实取象于葫芦。所谓“道生一，一生二”的形而下表象为葫芦剖判型创世神话，葫芦作为原型意象在中国各族神话和文学中普遍存在。道家哲学标榜的“抱一”“得一”“归一”，意指回归创世之前未分化的原始混融状态，亦即葫芦、母腹、子宫、婴儿状态。中国哲学常说的“一分为二”“合二为一”则以葫芦与瓢的分合关系为直观经验表象。

以原型批评的视界考察汉字中或隐或显的神话思维的集体表象，不仅可以对流传千古的神话文本做出新的理性透视（汉语中“神”、“坤”、“地”、嫦娥、婵娟、蟾蜍、女娲等神话），而且对于古文字学的革故鼎新亦将有重要的启迪和促进。对汉字中蕴藏的丰富的直观原型意象的发掘整理，是一项有待于国际和学科间协作的宏伟学术工程，其意义绝不限于文学批评。对于文化人类学，尤其是文学人类学和象征人类学，汉字原型都将是一份独一无二的珍贵遗产。

关于“文化身份”

“身份”这个词古汉语中已有之，本作“身分”，指人在社会中的地位。《宋书·王僧达传》：“退省身分。”《颜氏家训·省事》：“吾自南及北，未尝一言与时人论身分也。”这种用法并无专门术语之意。今日常人虽个个都有“身份证”，但恐怕没什么人对这个词有特殊的兴趣。西文中有identity一词，近年来随着文化研究的流行，而成为颇热门的关键词。汉译或作身份，或作认同、同一。国人在日常口语中不大会用“认同”这样的洋味说法，而说到“身份”又难联想到其术语意义，所以颇觉含混。其实，作为某种社会性的符号建构之“文化身份”，与古人所说的“名实”之“名”有些相通之处。比较讲求实际的人和好虚名的人自然对身份有不同的态度。

在一次由台湾大学《中外文学》杂志召集的有关文化身份的讨论会上，主持人廖咸浩在开场白中用“属性”来翻译identify，话还没说完就被福佬裔作家蔡秀女打断了：“对不起，这个‘属性’的英文是什么？”廖咸浩答曰：“identity，identity当然有人翻成认同，有人翻成身份，这个字在不同的语境里面，译出的中文可能不一样……”[1]

这是一个很有趣的场面，一群中国人坐在一起谈自己的身份，却不得不首先诉诸英文词汇来搞清楚要说的是什么。只有搬出原文的identity来，大家心里才有了底。这个现象一方面表明了解他文化已成为谈论己文化的必要条件——所谓“知彼方能知己”；另一方面也表明面临地球村时代的到来，文化交往与传播的加剧，各个族群原有的本土话语已经不足以应付新时代的思维和表达需要了。若立足于族群本位的立场，或可借用这一期《中外文学》中一篇文章的题目，叫“不会说中国话”。而大陆近来流行的一个相应的说法叫“文化失语症”。“不会说中国话”只是一种事实判断，而“症”的说法已经暗藏了价值判断的倾向性。其实在“不会说”和“失语症”现象背后，都不单纯是话语选择的问题，而正是文化身份或文化认同的问题。本土主义与全球化的冲突以自觉或不自觉的形式体现在个人、集团、族群或国家的生活方式、思想方式和言语方式中，已然成为文化变迁时期每个人都无法逃避的一种矛盾宿命。

安土重迁、足不出户的传统小农生活方式最大限度地保证了个体“身份”的恒定性。在天不变道亦不变我更不变的生存状态中，每个人的社会角色几乎完全固定化了，生命活动只需依照“日出而作，日入而息”的大自然节律而日复一日、年复一年地流淌开去，“我是何人”的疑问根本不会闪现在乐天知命的头脑中，更不致引发尖锐棘手的理论难题。工业革命以来的社会动荡和文化变迁彻底改变了人们的生活方式，人生选择的多样性机缘使“身份”从不变量转化为可变量。一张身份证

[1]《中外文学》第二十一卷七，《身份》专号，1992 年 12 月，第 7 页。

虽然是固定的，可是于连在“红”与“黑”之间的人生抉择却是随机性的；王启明当中国艺术家还是当美国老板也取决于他个人的意志与能力。这样一来，与身份相关的一系列文化问题就伴随着现代化与全球化的进程日益凸显出来。

个人经历中有几个回忆似与身份问题相关，小记如下以供进一步梳理。

1985年在广州中山大学开学术会，会间几位青年同仁相约去游新落成不久的白天鹅宾馆。那时的星级宾馆在内陆尚属新生事物，没有特殊身份的一般国内公民是在被谢绝参观之列的。朋友中有人急中生智，让学过几句日语的我佯扮东洋人大摇大摆地往里走，遇到盘问便以日语作答，另外两位则装作是我的导游、翻译，口称“这位日本客人要去xx房访客”，居然顺利地蒙混过门卫关口。当时的感受仅仅是顽童恶作剧后的窃喜得意，事后想起来则不免莫名地悲哀，联想到作为国耻的“华人与狗不得入内”的旧租界招牌，文化身份的贵贱等差在一个刚打开国门不久的欠发达国家竟显得如此森严。

5年之后在澳大利亚国立大学远东历史系讲学之余，我独自一人到堪培拉游览市容。在街心花园的长椅上，与一位白人长者攀谈起来。在客套问候之后，他问：“你是日本人吗？”我记得在悉尼游览时获得的印象：市区最高的几座大厦全被日本财团买下了，最豪华优雅的商店皆为日资商店。欧洲白人移民的后裔对黄种的亚洲人不易分辨国族，对以乘船偷渡而闻名的越南人和留学打工的中国大陆人心存戒惧，唯独对财大气粗的日本人敬重如宾。出于此种经验，我很想设身处地体会一下澳洲人对日本人的态度，于是就顺口答了“Yes”。当时还很惊讶，对方何以

1990 年澳洲访学摄于悉尼歌剧院

直接猜测我是日本人而非中国人呢，我的面相和身材、穿戴是否就像东瀛客呢？后来觉得他的直觉判断或许有这样的逻辑根据：中国的留学生不是忙于应付学业就是四处找工做，不会有雅兴大白天挎着相机来观光这仅有20万人口的小城。我就是这样被理所当然地归入有闲的日本游客一类人了。谁知我的话音刚落，对方说出这样一句："我年轻时和你们日本人打过仗，现在身上还有日本兵留下的伤疤。"说完就要撩起衣服让我看他的伤疤。

这一下把我愣住了。原来此公当年曾作为澳洲士兵参加二次世界大战，在菲律宾的热带丛林里同日本法西斯做殊死搏斗。我在东方文学史课堂上讲过日本战后派作家野间宏的《脸上的红月亮》，对其所描绘的菲律宾战场的可怕景象记忆犹新。谁知这一次在南半球假冒日本游客，未能体会到礼敬如宾的优待，反而碰到不是冤家不聚头的仇人，体会到了野间宏笔下主人公北山年夫邂逅当年盟军敌手的尴尬和愧疚……我也只好假戏真做，代替上一代人向这位白人长者表示歉意，生怕他旧恨复燃，又寻新仇，给我带来什么麻烦。然而，我的担心完全多余了。老人不但丝毫没有敌视和怨恨之意，反倒把我当成老朋友那样滔滔不绝地叙起往事：战争是如何残酷，日本兵如何对待俘虏，他又是怎样死里逃生的，等等。好像45年的光阴早已将仇恨过滤殆尽，留下的只有无尽的感伤了。

时隔很久，澳洲之旅的印象日渐依稀，可这位堪培拉老者的面影却常常闪现在脑海中。在那个南太平洋岛国终未能实现到土著部落中做田野考察的初衷，可是这次歪打正着的转换身份的实验却给了我某种补偿，使我对人类学者如何到异文化中学会"从土著的观点看"，有了一点感同身受的切身体验。

“和而不同”看加拿大

加拿大这个译名在国人听起来就有点“大”的感觉，似乎与世界第二大国的身份正相吻合。亲临其境游历一番，更觉得此一“大”字翻译得极妙，既是Canada尾音的音译，又画龙点睛般昭示出一个国家的特色。其实，加拿大这个名称并非西方人所起的，而是一次“文化误读”之后以讹传讹的结果。相传首次登陆加拿大的欧洲航海家雅克·卡蒂尔曾向当地印第安人询问此地叫什么，印第安人指着自己的小镇说这是kanada。卡蒂尔回到欧洲就宣称发现了名叫加拿大的新大陆。这个误解就像欧洲航海者把美洲误认成印度，把当地住民误读成“印第安”一样。

从该国西端的滨海城市温哥华转机去东部的蒙特利尔，波音飞机足足飞了七八个小时，大约相当从广州飞往澳大利亚墨尔本的时间了。这入境的最初印象就印证了所谓“幅员辽阔”“地大物博”的意思。不过，我们中国人听惯的、紧跟在“地大物博”之后的“人口众多”，在这里就根本不适用了。加拿大只是地理意义上的“大”国，若按“口”

1996 年访学多伦多大学

来算人数，与北京上海两个城市大约相当，应该说是人口小国。以每平方公里2人多的密度看，大约相当于我国的西藏。9916739平方公里的版图，是法国的18倍，是英国的40倍。如果英国要自称“大英”的话，那么加拿大简直不知该怎样称呼了。可以想见，当年欧洲移民远渡重洋登上这块一望无际的新大陆时，会有怎样一种惊奇和艳羡之感。

大有大的好处，自然也有大的难处。加拿大三面环海，各地的温度和气候相差很大，专家们不得不分6个气候区来分别谈论。更让人困惑的是时间之差。这个统一的大国根本无法使用统一的时间标准，而是各地区各自为政，同时奉行7种时间标准。旅客每到一地都要首先注意重新调整自己手表的指针，不然的话，小则迟到、失约，大则耽误航班，让外来人难免总有心神慌乱、不得安宁的感触。这倒是应验了中国人常说的“多中心即无中心”的道理。

这个奉行多元文化政策的移民国家，国民教育普及程度很高，读书和娱乐都很受欢迎。在蒙特利尔市区，散布着大大小小数十个书店。英文书店和法文书店的比例大致上平分秋色，因为这里是号称巴黎以外全球最大的法语城市，大至商店的招牌，小到胡椒粉纸袋，都采用双语制，可谓车同轨而书不同文，不方便的感觉随时而生（图2）。在首都渥太华参观国家议会时，有幸旁听了一场提案报告，英语发言后有法语翻译，法语发言后又需英语翻译。在外来人看来这既浪费时间又有点画蛇添足。但对于该国公民来说，这是天经地义的做法。因为确保“多元”是加拿大的立国之本。占总人口44%的不列颠移民和28%的法兰西移民理应得到平等的尊重才行。就连飞机上空姐（确切地说，应为“空婶”）讲解氧气面罩的应急使用方法，也要用英法两种语言各讲一遍。

加拿大航空公司的佐餐调料袋均采用“双语制”：上为盐，下为胡椒粉。

真是不偏不倚。

联想到我们这个拥有50多个民族的国家，倘若也效法此种平等和多元，又该是怎样一种景观呢？反过来更加意识到“大一统”对于治理国家的便利。儒家所讲的“和而不同”，看来是说得容易做起来难。法语居民占大多数的魁北克省独立运动，不是最令该国政治家头痛的大难题吗？文化“不同”又如何能“和”，这应是一个极具人类学价值的理论课题。解决这个问题，不仅对于加拿大一类多元文化国家具有现实意义，实现老子所说的“治大国若烹小鲜”，而且对于当今全球一体化进程冲击下的所有民族国家面对文化差异和文化冲突，都是迫在眉睫的。古人所梦想的“天下大同”，能否或以何种形式在未来出现，似乎也要取决于这个难题的解决吧。

自古以来就是多民族聚居、交流、融合的中华文化，能否为这一人类学课题的解决提供某种经验和智慧呢？

世界最大的书店

多伦多是加拿大最大的城市，在这里对“大”的体会达到极致。作为城市乃至国家标志的CN塔是观光客首选的景点，塔高553米，号称世界上最高的独立建筑，连著名的巴黎、东京铁塔也未可与它比高。《圣经·旧约》上说人类最初建筑巴比伦塔，目的是“塔顶要通天，为传扬我们的名”。加拿大人引为自豪的CN塔莫非是为了扬名天下而再现“通天”的欲求?

距多伦多1个多小时车程的尼亚加拉，是世界上最大的瀑布所在地。中国人常说的“看景不如听景”在此完全不适用。无论怎样用语言去形容，恐怕也不能将这个壮观奇绝的马蹄形瀑布再现出来。在大自然的这种气势面前，人会觉得自己像蚂蚁一般渺小。而我们的黄果树大瀑布，相形之下也变得小巧玲珑了。

也许是为配合自然造化的安排，多伦多市还有许多以“大”和“最”为荣耀的人文景观。比如纵贯全城的Yonge大街，号称全球最长的街道。仅仅是这一声誉就足以招徕五湖四海的游客。在这条街上有世上最大的VCD唱盘商店，作为标记的两个巨大唱盘模型镶在店面墙上，足有两层楼高。对于读书人更具有吸引力的是位于Yonge大街与爱德华街交叉处的书店，其店名具有十足的挑战性：“世上最大的书店。”其店面之宽，有如一座体育馆，门前可以一字排开七八辆汽车。如此规模，自然吸引着众多的嗜书之人。店内有两层，开阔的展销空间中分列着55个分类展区，初来的顾客需从服务台领取导购图才能尽快找到自己感兴趣的图书陈列方位。一楼的陈列分类有：电子图书、商业、加拿大文学、儿童读物、戏剧、小说、电影、精装小说、幽默、恐怖、语言及工具书、文学、期刊、纪念卡、神秘、诗歌、参考资料、传奇、科幻文学、旅游、西方文化、成人读物等；二楼则经营各类专业性较强的自然科学、社会科学和艺术图书。笔者用了4个小时，尚未浏览完半数的展区，对“大”的惊奇感已转化为忧虑了。

那天中午与朋友有约，只好悻悻然匆忙告别了这以“世界之最”为招牌的特大书店。这次对“大”的先贪后怕之体验，自然让我想到每次到北京去逛琉璃厂的类似体会：乘兴而至，疲惫而归（如有所获，当然不至于“败兴”）。几小时之内马不停蹄，目不暇接，一间店跟着另一间店，一书架又一书架地齐齐扫荡一遍。虽然不免眼发花，头发胀，总能落个“野无遗贤”式的心安理得。逛书店之所以贪大，无非为了求全。如果店大而书不全，淘宝者自会事倍功半。

几天后，在多伦多大学的波依萨克教授热心引导下，来到市内一间店面又小又不起眼的书店，却意外给人惊喜：人文方面的专业学术书既多且新，大多数书店见不到的书这里也有。像德里达、福柯等热门理论家的著作还设出专架。可见经营者本人就是学术方面的行家。这一次的淘书当然是事半功倍的了。回程路上，波依萨克教授兴奋地讲起当年在法国师从列维-斯特劳斯和福柯等名师的旧事。我禁不住又想起“世界最大的书店”，就问他对该店有何评价。答复是：“大则大矣，未必有你所要的东西。”

感慨之余，脑海里浮现出一个与“贪大”心理相映成趣的书名——《小的是美好的》。作者舒马赫向主张不断扩大生产与消费的现代经济学唱对台戏，倡导佛教经济学的最佳生活方式：以最少的消费求得高度的满足，使人们的生活不感到压力与紧张。生态人类学家马文·哈里斯也完全站在“小”的立场上，对人类一味贪大求多的生产冲动敲起警钟。中国古代哲人老子虽有“治大国若烹小鲜”的妙喻，却还是将“小国寡民”作为他的社会理想。在人格理想方面，更说出“是以圣人终不为大，故能成其大”的辩证道理。

看来“要大还是要小”的疑问已经取代哈姆雷特的疑问，成为当今人类的迫切抉择了。

“早期希腊失落的女神”

5月的蒙特利尔乍暖还寒。

与阔别10年的学友段炼相逢后的兴奋，已经延续了几天。那天下午段炼君不顾北美花粉症的困扰，和Gregory教授一起带我来到位于皇家山下弥尔顿街的The Word二手书店觅宝。在一架宗教与神话类书籍中一眼和《早期希腊失落的女神》这个书名相遇，就毫不犹豫地取下来要购为己有了。当时也没太注意价格。店主是位内行，大凡没有再版的稀有之书，尽管专业性较强，一般读者敬而远之，还是定价可观，因为他知道早晚会遇到知音买主的——该店距离加拿大著名学府麦吉尔大学仅一箭之遥，不愁没有识货的专业人士。这就是所谓奇货可居吧。

回到寓所后翻读此书，发觉仅百页厚的简装二手书索价3.95加元，确实略显昂贵。2天后在舍布鲁克大街上的另一家二手书店用2加元购得马林诺夫斯基名著《巫术、科学与宗教》；1周后在纽约的旧书店用3美元购得弗雷泽《金枝》一卷本（厚达800多页）；在渥太华一家书店的楼梯上看到1979年版的全套《大英百科全书》，仅索价99加元。相形之

1996 年夏在加拿大蒙特利尔书店

下，这本由波士顿的灯塔出版社1984年重版的《早期希腊失落的女神》就不能算便宜货了。不过粗览之后，又觉得毕竟物有所值——在我的英文藏书中，属于同类性质的书这还是第一本。

作者是位女学者，毕业于圣路易斯大学和加州大学伯克利分校，名叫斯普雷纳克（Charlene Spretnak），似乎名不见经传（1986年在美出版的《女权主义百科全书》中没有她的条目）。不过显然属于波伏瓦以来那种女学者用女性主义观点发掘女神神话的著述系列。在这方面较有名的著者有理安·艾斯勒（其《圣杯与剑》有程志民中译本，社会科学文献出版社1993年版）、默林·斯通（Merlin Stone）等。后者的《上帝为女性时》（*When God Was A Woman*，又名《天堂文件》：*The Paradise Papers*）曾给我留下强烈印象，并在撰写《老子的文化解读》有关母神宗教乌托邦的篇章中多次引用过。在斯普雷纳克这本书的封底，有默林·斯通热情洋溢的评语："一部真正美丽的书。斯普雷纳克从中提出了关于神话力量的新的重要问题。"书中的作者简介提到她曾与卡普拉（Fritjof Capra）合著《绿色政治：全球性的承诺》（*Green Politics：The Global Promise*），由此意识到她的学术背景与近年在美国颇为活跃的绿党政治及生态女权主义（ecofeminism）不无关联。

作者开篇声明她写作的灵感来自70年代初阅读的考古学和人类学发现。直接动因却是一桩小事。一次驱车带女儿丽萨外出，4岁的孩子被一家石油公司的标记所吸引，叫道："妈妈快看，一匹长翅膀的马！"母亲答道："是的，他的名字叫珀伽索斯（Pegasus），是古老的神话形象。也许我能在图书馆找到一本神话书读给你听。"但是，到公共图书馆查阅之后，母亲发现根本无法找到能给女儿读的古典神话书。原因在于所有现存的希腊神话传本都是经过赫西俄德与荷马的父权文化有色眼镜改制过的。回到家中从书架上取下自己中学时代读的汉米尔顿《神话集》，便可读到如下的话："宙斯将女人给了男人，以此作为对男人的惩罚。"潘多拉便是"那可怕的东西，一个女人"。从潘多拉那里"出现了女人一族，她们具有恶的本性，对男人来说就是罪恶"。母亲从心理健康的角度考虑，以为这样的神话读物对4岁的女孩来说实在弊大于利，于是发奋要投入到号称艰深无底的古典学研究中去，寻觅在荷马之前的早期希腊失落的神话真相。她把这一目标又称为"前奥林匹亚神话"（the pre-Olympian myths）的重构。

寻觅是艰辛的工作，但也有意想不到的收获。比如说女儿丽萨（Lissa）的名字，原来是以古希腊得墨忒耳神的女祭司名号"梅丽萨"（Melissa）为原型的。这真是知女莫若母了。

书中除了导言部分外，分8个单元重构出前奥林匹亚时代11位女神的神话，拂去男性中心社会强加在她们身上的尘埃与阴影，复原出她们清水芙蓉般的本来面目。借用福柯关于"知识考古"的隐喻，本书堪称"神话考古"的一个范例，当然是在有限的范围内用女性主义理论眼光指导下的一次"再发掘"尝试，对于冲击我们习惯于称之为"文明"的父权制意识形态所炮制出的希腊神话体系，启迪"熟知"所遮蔽的"真知"，相信会有可观的效应。

作者指出，早在公元前7世纪荷马、赫西俄德所传写的古典神话之前数千年，就已存在口传神话的深厚传统。从公元前2500年到公元前1000年之间，至少有三批外来的入侵者进入希腊本土，他们带来了父权制社会秩序和男性的雷神宙斯，同本土盛行的女神崇拜之宗教发生尖锐的冲突。随着父权制的现实发展，史前女神那温馨和平的世界逐渐被好战和血腥的奥林匹亚诸神所取代，残留下来的女神或者被改配给男神当妻妾，或被歪曲得面目全非：

赫拉女神成了宙斯家中嫉妒成性的悍妇。

雅典娜被刻画成一个冰冷的、男性化的女人。

阿弗洛狄忒被说成是由男神的阳具所化成的放荡游女。

潘多拉被贬为危险而狡诈的人类祸星……[1]

那么，如何才能知晓被入侵者篡改以前的女神原貌呢？作者充分汲取了20世纪考古学、人类学方面的研究成果，试图透过现存父权制神话叙述的缝隙，来完成她的尝试。关于潘多拉女神的初始面目，书中有如下描述：古代瓶画上有潘多拉从大地中伸出两臂的形象，这是远古地母神崇拜的典型造像。“潘多拉”（Pandora）这个词意指“礼物的给予者”，这正是万物从大地中生长而出这种现象在神话思维中的隐喻转换。这位女神源于原始农耕社会的经验与幻想，比男神宙斯出现在希腊的时间要早得多。可是后来的赫西俄德却不分青红皂白地记下潘多拉作为宙斯的手工制品而被造出的故事，这就彻底遮住了她生于土地本身的真实身份[2]。

原来，“礼物的给予者”潘多拉女神带给人类的全是福音，连生命也是她赐予的。有了生命的人先是彼此困惑地相望，随后就四处去寻找食物。他（她）们来到潘多拉所在之处，女神从大地中现身，从一巨瓶中取出石榴，让石榴又变出了苹果、柠檬和梨。她又赐予人类开花结果

[1]《早期希腊失落的女神》，第18页。
[2]《早期希腊失落的女神》，第53页。

的树木，把种子撒向山野，还指示说在我的大地身体下可以取用各种矿物、宝石和陶土。

“我给你们疑问、好奇和记忆力。我给你们智慧。我给你们正义和同情。我给你们勇气、力量和耐心。我给你们对一切生命的仁善之爱。我给你们和平的种子。”[1]

这就是斯普雷纳克重塑出的潘多拉女神形象，其慈悲之心一点也不亚于国人心目中的观音菩萨，与传世神话中那位打开罪恶的盒子让无穷灾难降临人间的潘多拉毫无共同之处。从“给予”的礼物性质上看，二者恰恰是祸福相对立的。

经过对10多位女神的神话重构，“失落的”那个温馨的远古世界的图景又重现在现代人眼前。斯普雷纳克的小女儿终于有了可读的神话书，女权主义的倡导者们为恢复性别间生态的平衡所做的文化考古工程又多了一项值得欣慰的成果。不过在庆幸和叹赏之余，对作者的重构方法也还有再推敲的余地。按照有一分材料说一分话的求实原则，我们可以认同潘多拉的地母神身份，但是对她那许多慈悲为怀的善举，她口中那些“正义”“仁爱”之类的抽象概念，细心的读者恐怕不会不略加戒备。一位普度众生的潘多拉女神，究竟在何种程度上符合远古信仰的实际情况，又在何种程度上投射着以反叛男权文化为宗旨的女权主义者们心中的理想呢？

这就是读罢《早期希腊失落的女神》全书之后，久久挥之不去的一缕“迷思”。

[1]《早期希腊失落的女神》，第56页。

庄子、彝苗葫芦、新疆木乃伊

1993年初到位于琼州海峡侧畔的海南大学，为了写《〈庄子〉的文化解析》而进图书馆寻觅资料。这是一座仅有10年历史的大学的仅有10余万册藏书的图书馆。建校前的出版物若非有人捐赠就不能奢望在这里找到。所以来时就没抱多大希望，只想碰碰运气。当我在仅有屈指可数几架书的外文库中发现这本《实验的庄子论集》（*Experimental Essays on Chuang-tzu*）时，那意外的惊喜似不亚于阿里巴巴的洞中遇宝。

书前扉页上印有“美国亚洲基金会赠书——上海外国语学院图书馆分发”的图章，表明其来历已途经了将近半个地球，在国内即便不是孤本也不会有多少复本的。该书1983年由夏威夷大学出版社作为“夏威夷亚洲研究系列第29号”而印行，编者名叫维克多·迈尔（Victor H.Mair），共收入英、美、日等国学者的论文九篇。迈尔在序言中写道，编辑本书的目的在于把庄子引荐给更多的西方读者。目前有关这位中国哲人的知识仅限于汉学家和少数研究比较宗教学的人，这太令人惋惜了。因为庄子之书要比许多在西方流行已久的中国作品高明得多。可以说在佛教传入以前，没有一部中国书能在文学想象方面同《庄子》相比于万一。

一个外国人用如此口气对我们道家的亚圣做出评价，着实要让人刮目相看。这种从比较中见高下的评语又使人想起席勒初读古印度梵剧《沙恭达罗》后的感慨和过激之词："在古希腊，没有一部作品能够在美妙的女性温柔和美妙的爱情方面与《沙恭达罗》相比于万一。"这种墙内之花在墙外更香的现象背后有没有所谓"文化误读"的机制作用，很值得理论家去探讨。语出惊人的迈尔先生就这样伴随着我的庄子研究而留在心中了。

1995年春，赴台北参加由汉学研究中心主办的"中国神话与传说学术研讨会"。4月23日上午轮到我发言，论文的题目是《庄子与神话》。在我之前宣读论文的是一位高个子的美国教授，他走上讲台时在麦克风旁放下一大一小2只葫芦，讲述和答辩的过程中还不时地举起葫芦示意，给紧张的会场带来阵阵轻松的笑声。翻阅论文后才发现，这位中文名字叫梅维恒的汉学家不是别人，就是我读其书而想见其人的"迈尔"先生。他这次提交的英文论文题为《中国南方葫芦神话及道家的借用》（*Southern Gourd Myths in China and Their Appropriation by Taoism*），文中引申刘尧汉教授关于彝族葫芦崇拜为中华葫芦文化之源头的观点，结合日本和西方汉学界的成果，论证了葫芦母题在中国文化中的传播轨迹和在道家思想、道教仪式与传说中的诸多变体。就引证和参考书目来看，这是我所见到的在此一课题方面用功最勤的论述。不过就彝苗等少数民族与汉族文化中的葫芦母题究竟孰先孰后的问题，我还是提出了不同看法。

会后我们成了相互切磋的学友。他很快如约寄来两部新著：他英译的《庄子》和马王堆帛书本《道德经》；这都成了我研究老庄的重要参考。

1年后，我赴加拿大访学，在康克迪亚大学新闻系的专家指导下学习用国际互联网发送电子邮件。手头恰好有梅维恒教授前不久的一封来信，上面有他在美国宾州大学的电子邮箱的地址。我刚刚学会的超速通信技术就这样派上了用场，试着发了一封电子信，告知梅教授拟在近期赴美登门拜望。1天后我去渥太华大学英语系访问文学批评家Bossiere，就此离开了康克迪亚大学，不知道梅教授次日回复的电子信件已欣然而应允我的访问计划。

过了1周，办妥赴美签证，我乘“灰狗”穿越美加边境，来到纽约寻访在哥伦比亚大学攻读的同窗密友王海龙君。6年不见，自有说不完的话题，从吉尔兹的人类学方法到美国汉学的现状，从海南岛的热带气候到国内近年来的文化热。海龙君忽然拿出一份复印的材料让我看，那是1996年5月7日的《纽约时报》上一整版图文并茂的报道：《木乃伊与纺织品证明古欧洲人到达远东》。从题目看很有点耸人听闻的效果，就像我们常见的“古代中国人发现美洲”一类说法。文中介绍一位美国探险家到新疆研究考古新发现的经历。海龙君说这在西方学界乃至大众传媒界都算得上爆炸性新闻。我仔细打量照片中那位蹲在哈密的沙漠里为干尸画素描的探险家，不禁叫出声来：“这不是梅维恒吗？他明明在研究葫芦神话，怎么又到了新疆戈壁去挖掘欧洲人祖先的遗体呢？”

在海龙君的劝说下，我终于带着疑虑，踏上开往费城的火车，前去

1996 年摄于纽约自然史博物馆

那以苏美尔文明考古研究著称于世的宾夕法尼亚大学。这是一次令人兴奋的会晤。用午餐时，梅教授向我打听一个中国人，说这个人写过一本叫《英雄与太阳》的书，其中探讨到中国与巴比伦文明的因缘，他对此十分感兴趣。当我回答“这个人就是我”时，对方睁大眼睛，连续地感叹道：“是你呀！”中国人的踏破铁鞋之喻和西方人的世界真小之叹，在这里同时派上了用场。

原来，正像我认不出维克多·迈尔就是梅维恒，他也不能将我的中文名字叶舒宪同电子邮件上的Ye Shuxian对上号。

国内学人对于汉学家有一种看法，以为他们视野很受专业的局限，总喜欢在针尖或芝麻上大做文章。1995年元月在海口召开的首届中国国际汉学会议上曾就汉学家的研究领域请教过英国的龙彼德先生，记得他的高见是尽量集中注意深钻小问题，比如他本人10多年来从事的《西游记》研究。这个答复似乎在某种程度上印证了人们对海外汉学的看法。这一次我就同样的问题请教梅教授，他的答复仅有两个词：“没有边界。”

对于“家法”森严的传统学者来说，这样看待学问，若不是好高骛远，至少也是用心不专。能够从《庄子》跳到葫芦，又从葫芦跳到木乃伊的这位洋博士，他的研究道路本身不就验证了学问“没有边界”的道理吗？

或许这正是我在他身上看到的自己的影子。

中篇

文化解读札记

从“千面英雄”到“单一神话”

学者的探索生涯往往有两种不同的展开形式：或是跳跃性的转换，研究者被兴趣和灵感所左右，出人意料地改变着对象和方向；或是循序渐进式的螺旋发展，研究者在一个领域中锲而不舍。皮亚杰的研究兴趣从蜗牛的习性跳到发生认识论，神启般地在一个新领域获得始料未及的果实；而约瑟夫·坎贝尔则终生盯准一个问题做数十年如一日的思索，最后以同一主题的等身著述确立起自己在这一领地中理所当然的权威。

那个谜一般诱人的问题是：世界各地的神话是不是一样的，为什么？

这既是探索者的起点，又是他的归宿。

为了求解这个极简单又极复杂的难题，坎贝尔一生研究历程有如他著作中的探险英雄，在经历了启程、启蒙、回归这样一种仪式性的三阶段之后，完成一种向上的循环，画出一个首尾相接的圆。

英雄启程：《千面英雄》

约瑟夫·坎贝尔（Joseph Campbell）1904年3月26日出生于美国纽约。这个距神话时代最为遥远的现代文明最繁华的大都市却造就了美国当代最著名的神话学家。这不禁使人想起约翰·怀特《现代小说中的神话》一书引用的马克思的问话："成为希腊人的幻想基础，从而成为希腊神话基础的那种对自然的观点和对社会关系的观点，能够同自动纺机、铁道、机车和电报并存吗？在罗伯茨公司面前，武尔坎又在哪里？在避雷针面前，丘庇特又在哪里？"马克思的提问方式意在表明神话的衰亡与技术的发达恰成反比的历史事实。那是19世纪50年代。在此稍前，马克思的老师黑格尔也曾郑重预言，以神话和象征为起点的艺术也不可避免地走向衰落。

一个世纪之后，神话的全面复兴使人们倾向于一种相反的看法：神话与艺术都是对抗技术异化的秘宝。神话思维与神话经验应该同电子计算机、原子弹和太空船并存。神话不仅是认识所需，而且成了"生存之需"。坎贝尔的《我们赖以生存的神话》（*Myth To Live By*）这样的书名便足以说明问题了。正是这种激进态度，使他被世人看作当今世界最虔诚的神话捍卫者。

坎贝尔对神话的兴趣始于少年时期。他最喜爱的书是美洲印第安人神话。后来在攻读英国文学硕士课程时，发现亚瑟王传说中某些重要内容与印第安神话的基本母题十分相似。任教于纽约州的撒拉·劳伦斯学院文学系以后，坎贝尔开始探讨神话原型问题。如果不算与亨利·莫顿·罗宾逊合写的《〈菲内根的觉醒〉导读》（1944年），那么1949年问世的《千面英雄》是坎贝尔独立完成的第一部著作。当时他绝没有料到，作为他神话学研究的启程之作，这本篇幅不长的书成了他一生的著述中最有影响的一本，是它奠定了他在神话学与文学批评两个领域中的知名度。

坎贝尔写《千面英雄》时抱有双重目的：一是证明世界各地的英雄神话都是类似的，二是确立研究英雄神话的心理学解释方法。

在归纳英雄故事的普遍模式方面，坎贝尔并不是首倡者。还在19世纪，比较语言学与比较神话学借助于梵语和《吠陀》神话重构被文明史遗忘已久的原始印欧（雅利安）文化时，就有一位叫约翰·乔治·范汉的学者以14个故事为例，证明所有的印欧英雄都遵循着一个传记模式。20世纪初，又有奥托·兰克用心理分析法加以解释的英雄模式和洛德·拉格仑用仪式加以解释的英雄模式。坎贝尔则主要从荣格的原型心理学出发，综合前人的观点构成更具普遍性的模式：

英雄的神话冒险的标准道路乃是过渡仪式中所表现的三段公式的扩大化：启程——启蒙——回归……英雄离开日常生活的世界进入一个超自然的奇特境地，在那里遇到惊人的敌对力量，获得决定性的胜利。英雄从这神秘的探险中回归，为他的人民带回恩赐。[1]

坎贝尔认为，正像解剖学必然忽略种族差异而专注于人体的普遍结构，英雄神话的研究也将着眼于相似性而不是差异性。模式的普遍性表明有

[1]Campbell，*The Hero with a Thousand Faces*，Pantheon Books，1949，p.30.

某种出自人类普遍心理的意义潜伏在各种英雄神话和传说背后。与此相比，差异性就显得微不足道了。

英雄之所以成为英雄有两个因素，一是他做了别人不愿或不能做的事，二是他是为自己也是为一切人而做的。普罗米修斯盗天火，伊阿宋取金羊毛，埃涅阿斯下阴间会见亡父，似乎都是如此。神话中的英雄或是王子，或为武士，或是圣徒或神，他所寻求的珍宝或是财富、美人（新娘），或是能力与智慧，他或是为自己的人民或是为全人类而寻宝。所有这些外在差异都无关紧要，因为那只是象征的表面。从心理意义上看，字面上叙述的英雄发现了一个奇特的外在世界，实际上象征着他发现了一个奇特的内心世界。字面上的英雄发现新世界比物质世界更丰富，象征着他发现他的意识之外有更多的东西。字面上的英雄发现了那个世界的终极性质，象征着他发现了自己的终极性质，他发现了他自己究竟是谁。

这样，坎贝尔第一个把英雄神话的意义解释为“自我的发现”。英雄一方面找到了他和他的同胞以前未意识到的无意识真实，另一方面这也意味着神话的创作者、讲述者乃至听众也都相应地发现了无意识的意义，他们才是神话的真正英雄。借用耶稣的话：“上帝之国就在你们心中。”[1]

与荣格相比，坎贝尔可谓青出于蓝而胜于蓝。荣格认为所有的英雄神话是类似的，坎贝尔现在发现，英雄神话不是彼此相似，而是彼此相同。正如《吠陀》所言：真理只有一个，圣人用许多名称去讲述它。

[1]Campbell，*The Hero with a Thousand Faces*，Pantheon Books，1949，p.259.

英雄启蒙：《神之面具》

对英雄神话的研究作为坎贝尔的启程之处，预示了他日后的漫游方向和探求对象。《千面英雄》不仅确定了坎贝尔要进一步深究的那个问题，而且奠定了今后著述的方法论基础：他反对单个主义的方法，即个别地而非普遍地看待神话。因为千差万别的神话对他来说只是共同的人类心灵的表现窗口。在10年之后开始陆续推出的4卷本大著《神之面具》中，研究对象从英雄神话扩展到一切神话，而研究的结论也似乎只是原有结论的扩大化。如《千面英雄》那样，《神之面具》的书名也是意味深长的：正像在数以千计的面孔之下其实只存在一个英雄，戴着多种多样“面具”的其实只是一个单一的神。

然而，要说坎贝尔在落笔之前已经得出这样的结论是不符合实情的。他是在漫游了原始神话、东方神话、西方神话和创造神话（文学神话）的广阔天地之后，才不断修正自己的见解，最终趋于“面具”之后的一神的。这种延续20多年的探索经历，就好比英雄发现自身的漫游和启蒙过程。

《神之面具》第1卷《原始神话》探讨的是前文字阶段的原始民族的神话。坎贝尔按照人类学家列奥·弗罗贝纽斯的划分，把所有的原始民族区分为两类：狩猎者和种植者。

坎贝尔认为这种经济上的差别取决于地理和气候的条件，这种差别又派生出由神话所表现的社会的与思想的差别。狩猎与种植之间的差别乃是以杀生为食和以培育为食的差别，前者打断自然的循环，后者信守自然的循环。猎人不懂得自然的死亡，要么是杀生，要么是被杀。农人则从作物的生与再生中看到不死的象征。从社会意义上看，猎人是个人主义的，他们为自己狩猎。耕作则是集体性的，参与者必须放弃个人性。猎人在他们高兴的时间和地点捕猎，而农人则被时间和空间所束缚。[1]

除了差异，狩猎者与种植者还有相似处，那便是比差异更为重要的三种信念：不死，自我牺牲（猎物或作物）和神秘的同一性（猎人与猎物，农人与作物）。坎贝尔用这三个共同点消解了他区别出的差异性，狩猎者被视为改装了的耕种者，反之亦然。这样一来，神话群所显示的差别就成了"面具"上的差别。

第2卷《东方神话》与第3卷《西方神话》分别问世于1962年和1964年。从时间上看，它们都是"原始神话"发展的产物；从空间上看，东方神话包括印度、东南亚、中国、日本、美索不达米亚、埃及、前哥伦布的美洲和秘鲁；西方神话包括近东或"利凡特"地区，或者说是犹太教、基督教、伊斯兰教和琐罗亚斯德教，还有整个欧洲。这里把闪米特人划入西方是与众不同的。

在《原始神话》中，坎贝尔曾将狩猎者的社会视为父权制，将耕种者的社会视为母权制。现在，他又认为东方神话源自原始农民，反映着以女神为主的母权社会；西方神话则主要反映着以男神为主的父权社会。从这一基本差异着眼，坎贝尔归纳出了东西方神话的六大差异特征。

1. 西方神话强调男神对女神的统治和神对人的统治；东方神话强调众神平等和人神平等。

2. 西方强调男神女神之别和神人之别，东方强调男女神和神与人的

[1]Campbell，*Primitive Mythology*，Viking Press，1959，pp. 123-127，235-242.

神秘的“混一”。

3. 西方强调人的必死性，东方强调人的不死性。

4. 西方神话表现雄心与攻击欲，东方神话表现被动性与和平。

5. 西方追求英雄主义，东方则不，尤其当英雄主义体现为野心和斗争时。

6. 西方神话中的欲望在于建立强大、独立的自我，东方神话中的欲望在于消解自我，回归纯粹的无意识。

坎贝尔的这种比较观点在神话学领域引发了持久的争论，神话研究本身也成了文化寻根的一种有效方式。神话与民族性的问题实际上也就是人类学中的文化与人格问题。所不同的是，人类学家侧重于实地考察和田野作业，从案例分析中引出结论；坎贝尔则坐在他的书斋中漫游东西，俯视寰宇，他所得出的论点难免带有传统的偏见和个人局限。比如他确认的第4、5两点差异，在我看来不过是西方传统观点的翻版。因为亚里士多德《政治学》就已判定：西方人性格强悍好进取，东方人性格卑弱易臣服。相对而言，坎贝尔在解析具体神话时倒是表现出更多的独创性。例如关于西方神话中父权制对母权制的取代过程：

赫西俄德《神谱》中描述了男神的胜利：以宙斯为首的神战胜与母权文化相联系的提坦诸神。不过地母神及其后继者赫拉依然拥有强大的实力。在巴比伦史诗《吉尔伽美什》中，男性英雄所获不死草被蛇所窃，这表明被战胜的母权文化以收回不死性的方式惩罚与父权文化相认同的人类[1]。《圣经》中的伊甸园神话也是失势的母权文化继续挑战的表

[1]Campbell，*Occidental Mythology*，Viking Press，1964，p.92.

现：夏娃怂恿亚当违背上帝诫命乃是对父权至上权威的反叛。而亚当夏娃被造时所用的尘土乃是地母神的非人格化形式，犯罪的人祖死后归土意味着回归母体：那里没有性别之差，夏娃亚当复原为一体，就像被取下肋骨造夏娃以前的亚当。[1]坎贝尔的这种译解与女权主义标示双性同体为至高理想的做法不谋而合。不过他把亚当和普罗米修斯这样一些男性英雄解说为母权文化的英雄，倒是打破了女权论者们的纯性别偏见。在这一意义上，他成了20世纪的“巴霍芬”。

《神之面具》第4卷《创造神话》实指12世纪中叶以降西方的神话文学，这是他继《〈非内根的觉醒〉导读》之后又一部文学批评著作。“创造神话”与以往的神话不同，它的兴起是与西方人信仰的失落相同步的。信仰的失落也就是传统的神话及其价值观的失落，代之而起的个性主义价值观是使“创造神话”有别于原始神话、东方神话和早期西方神话的思想内核。个性主义产生出新的英雄主义精神，把人从对神的屈从和对群体的盲从中解放出来。坎贝尔将两部中古传奇——《特里斯丹和绮瑟》与《波西佛》视为新的英雄主义的初期范本，将托马斯·曼和乔伊斯奉为现代的典范。至此，坎贝尔似乎暗示出他即将结束在神话世界中所做的纵横游览，回归到启程时所关注的英雄问题。

回归：《神话的意象》

坎贝尔的晚期著作《神话的意象》（1974年）以及《世界神话历史

[1]Campbell，*Occidental Mythology*，Viking Press，1964，p.92.

图集》第1卷（1983年）可以视为其毕生著述的总结。不论从方法上还是从观点上看，都表现出回归《千面英雄》的倾向。

首先，他不再像《神之面具》中那样探讨神话的差异性——狩猎神话与耕作神话、母权神话与父权神话、东方神话与西方神话，而是专注于神话的同一性，在更大规模上重申《千面英雄》的结论：所有的神话在本质上都是一样的。其次，在《神之面具》对神话的形而上阐释之外，又恢复了更大分量的心理学阐释。他不仅突出神话意象与梦幻意象的比较，而且像荣格一样，干脆把神话等同于集体的梦。

与前期著作相比，《神话的意象》的另一特征是图文并茂。作者认为神话与梦属于另一世界，解释则属于醒觉世界，二者本不相同。理解神话离不开对具体意象的直观体验。据粗略统计，仅第2章“宇宙秩序的观念”120多页篇幅中就用了图片110多幅，近乎页页可观“意象”了。为了表明世界神话中“宇宙山”的意象，作者列举出自公元前3000年代的苏美尔坛台、埃及金字塔和巴比伦祭坛到公元9世纪的玛雅神庙、17世纪的北京天坛等时空跨度极大的多种图像，让读者按照“眼见为实”的逻辑，心悦诚服地接受“只有一种神话”的见解。

坎贝尔在《千面英雄》中曾引用乔伊斯小说人物的话“单一神话”（monomyth）来概括所有的英雄神话。现在，批评家们据此创造了一个新术语“单一神话论”（monomythicism，或译单一神话主义）来概括坎贝尔的学说，认为它对当今流行的那种用单一模式解读作品的批评倾向产生了决定性影响。像美国批评家吉维特（R·Jewett）所提出的“美国单一神话”论，便是坎贝尔学说的继承与发扬。[1]

单一神话论尽管有简单化之嫌，但它所倡导的那种开阔的世界性视野对于局限在某一国别或地区之内的坐井观天式的研究，无疑是一大震撼。它要求从象征意义上而非字面意义上去理解神话，这同心理分析派和结构主义派的观点汇同一体，已经成为今日神话研究的主流。对神话象征蕴含的发掘又反过来为现代作家和艺术家们提供了新的灵感之源。

神话捍卫者坎贝尔一生的著述反复告诉人们一个道理：神话的终极意义总是同样的。从心理学上看，那是自我与无意识的统一；从哲学意义上看，那是自我与宇宙的合一。

[1] 参看 W.G.Doty，*Mythographer*，the University of Alabama Press，1986，p.176.

谜语：智力游戏与咒术陷阱

对于今人而言，猜谜只不过是一种娱乐的智力游戏方式。然而，在远古时期，谜语作为杀人行为的合理借口，曾经是前法制社会中常见的一种过关考验，如同《旧约·士师记》第14章参孙借谜语而屠杀30位异族伴郎的故事所昭示的那样。正因为谜底的揭破与否关系到人的生死命运，所以自神话时代流传下来的谜语大都具有非同小可的神秘力量。

《旧约·箴言》第30章第4节有如下五个问句：

谁升天又降下来？

谁聚风在掌握中？

谁包水在衣服里？

谁立定地的四极？

他名叫什么？他儿子名叫什么？

一般认为这些不过是修辞性的问题，每一句的答案都是同样的，那就是“神”。为弗雷泽大著《旧约民俗学》做补笺的渊博学者西奥多·加斯特在其《旧约中的神话、传说与风俗》中对此提出质疑：如果这些问句的答案都是神，那么希伯来作者怎么会问“他名叫什么？他的儿子名叫什么？”呢？他推测这里的前四句分别取自原编者非常熟悉的古代谜语，每一个谜语都涉及一个标准的神话：

1. 谁升天又降下来？指的是美索不达米亚的著名故事中的主角伊塔那（Etana），他曾被说服乘鹰背上升入天空，但最终还是摔下来掉进海里，就像希腊神话中那位伊卡洛斯。

2. 谁聚风在掌握中？这一句应根据希腊文本《圣经》改作“谁聚风在其胸襟（bosom）”。此问涉及一位如同希腊风伯埃俄罗斯（Aeolus）的神话形象，能用袋子聚风。世界上许多地方的巫师均有此类法术实践，为同类神话母题提供了基础。

3. 谁包水在衣服里？此问指涉某一解释旱灾的民间故事：某人把雨水收拢在天上，不让降下来。《约伯记》第38章第37节就有“谁倾倒天上的水袋”比喻下雨的措辞；第26章第8节说到神“把雨水卷在厚厚的云层里，云层却不分裂”。澳洲土著神话中也有藏水于袋中的情节。此类故事当属于著名的“聚水”母题（motif of Impounded Waters）的某种变体。

4. 谁立定地的四极？“立定”（希伯来语heqin）一词从未用于“地的四极”。这一措辞的奇特曾使某些现代学者怀疑原文有缺。希伯来人认为大地是撑在柱子上的，这一观念产生了神话中的天柱、地柱一类母题。赫梯人的乌里库米（Ullikummi）神话便提供了此一形象：巨人乌培勒利（Upelluri）把世界撑于自己的肩膀之上。北美印第安人神话也有此类表现。[1]

按照上述观点，产生谜语的摇篮似乎是神话。在神话尚作为信仰的形式之时，神话的观念和内容是明确无疑的；一旦信仰衰微，神话所讲述的东西就会变得难以理解，成为人们半信半疑、捉摸不定的对象，这就为谜语的发生提供了条件。不过，也有学者不同意这种看法，如克里斯琴森的《神话、隐喻和明喻》一文就以北欧的虹谜语为例，论证谜语并非起源于神话。他认为，谜语的构成具有隐喻的性质。谜语的传播异常便捷，往往轻易跨越国界，成为所有人都能接受的东西。而神话则具有明显的地域性特征，不像谜语那样流传自如。虹与桥的隐喻类比同时出现在神话与谜语中，却不能断言谜语取材于神话。较为合理的推测是，二者皆源出于人类创造性想象的诗性运作。[2]

加拿大批评家弗莱撰写过《咒语与谜语》一文，认为英文中谜语（riddle）一词和“解读”（read）一词来源于同一词根，所以我们说“解谜”（read a reddle）就像说“唱歌”（sing a song）、“讲故事”（tell a tale）一样自然而然。正如咒语与音乐密切相关，谜语则与图像有不解之缘，诸如暗号（ciphers）、离合诗（acrostics）、谜画（rebuses）、具象诗等，还有那些突出文学的视觉特性的作品。任何一幅需要用语言来注解的图画也都可以说是图形谜语。基于这一认识，弗莱还强调了象形字与中国汉字本身就包容着大量的解谜要素。“咒语

[1]Theodor H.Gaster, *Myth, Legend, and Custom in the Old Testament*, Harper & Row, Publishers, 1969, pp.806-807.

[2]Reidar Th.Christiansen, *Myth, Metaphor, and Simile, in Thomas A.Sebeok ed.Myth: a Symposium*, Indiana University Press, 1974, pp.64—80.

和谜语表明如下事实：文学因为其同节奏和意象的密切联系，乃成为介于音乐和绘画艺术之间的中介。”“谜语表明了人类心灵之中视知觉能力与概念能力之间的联系。”[1]

如果从思维与认识的发展角度来看，还可以发现咒语和谜语同神话世界的关系是不尽相同的。咒语是法术思维的语言表达，而谜语的设置和解答却分明显示着理性思维从法术思维中脱胎而出的轨迹。行咒术的巫师凭借其自信就能确保咒语的神秘法力，而猜谜人必须调动足够的智力才能在视觉意象与概念逻辑之间建立起认同关系。咒语直接来自一种由神秘名称和神秘存在所构成的神话宇宙，巫师正是从那个宇宙中汲取魔力并施之于物的。诗人是巫师的合法继承人，他们利用语言的法术来再造那个具有魔力的宇宙，而不是去探索其究竟。后一任务正是谜语所要做的。解答问题是另一种控制事物的方式，即概念的掌握、理性的掌握。思想家和哲人是猜谜活动的合法继承人。俄狄浦斯实际上先于泰勒斯占据了西方第一哲人的位置，他所猜破的那个致命的谜语可否看作由神话世界向理性世界转换的伟大“过渡礼仪”？

民俗学家博尔尼说：“在文化低的社会中，谜语不仅是一种机智的妙语，而且是有待解答的问题。谚语用生动的隐喻陈述一个事实或表达思想，而谜语则用更隐晦的比喻描述人物或事物，以锻炼猜谜人的智能，因此制作谜语和猜谜语成为一种智力测验，一种辩论竞赛。事实上许多民族不仅把谜语当作一种游戏，而且当作教育的工具，一种智力竞赛，甚至作为严肃的智能测试。我们从民间故事中读到猜中谜语的青年

[1]N.Frye, *Charms and Riddles*, in *Spiritus Mundi: Essays on Literature, Myth, and Society*, Indiana University Press, 1976, p.124.

得到的奖赏是娶公主为妻。而那位号称智者的人猜不中谜语，被当作江湖骗子处死了。”[1]

猜中谜语者娶公主，猜不中者被处死，如此强烈的反差足以将谜语的重要性同人的旦夕祸福联系在一起。如果再联想到我国历史上的黄巾起义口号“苍天已死，黄天当立。岁在甲子，天下大吉”，则谜语之揭开又关系到国家兴亡、政权更替了。希腊神话中那伟大的猜谜者俄狄浦斯似乎就在破谜的瞬间同时注定了他个人的婚娶和忒拜国家的兴衰之双重命运。尤其值得注意的是，这位破谜高手获得的奖赏不是娶公主，而是娶母亲，随之而来的惨剧及惩罚好像应验了刘勰在《文心雕龙·谐隐》中对“谜”字的解说：

谜也者，回互其辞，使昏迷也。

难怪弗莱要说谜语类同“语词陷阱”，设谜者有时就简直是在设咒。猜谜的竞赛亦不妨看作敌手之间的咒术大战，如15世纪欧洲基督教文化背景中流行的一则猜谜传说：魔鬼为少女设下一串谜语，少女若拿不出答案就要被索去灵魂。少女情急之下求助基督，终获答案。其中最后一个是：“什么东西比女人更坏？”答曰：“魔鬼。”魔鬼听到自己的名字，当即落荒而逃。这一结局自然使人想到被俄狄浦斯猜破谜底后落荒而走的斯芬克斯。但耐人寻味的差异在于：“魔鬼”这个谜底的揭开使谜中隐含的咒语力量直接指向设谜者，而“人”这个谜底的点破则

[1] 查·索·博尔尼：《民俗学手册》，程德祺等译，上海文艺出版社 1995 年版，第 234—235 页。

把咒术攻击力同时引向了设谜者和猜谜者。在魔鬼与少女的斗智中，胜者显然是基督帮助下的少女。而在女妖与英雄的斗智中，尚没有什么救世主来帮助英雄，究竟谁胜谁负还是一个有待于深思的谜吧。

斯芬克斯谜语解读

由于对人感兴趣而去研究神。而在神话世界遨游的结果，却是发现所有神的故事其实仍然不过是人的故事。

开天辟地也好，万物创生也好，倘若没有人的出场，一切都会变得毫无意义。没有人祖亚当夏娃的犯罪，上帝的惩罚就要落空，神的威严何以建立？无论哪个民族的“创世记”，归根结底只是“创人记”：最后一个被造的生物总是进化到最高程度的人。先于人而被造出的所有事物，都是为人的降生做准备，为人的活动提供时空背景和舞台。希伯来的神话告诉世人，在人被造出之后，一切的创造都宣告结束，造物主也要去休息。中国的一则神话说：一日造鸡，二日造犬，三日造羊，四日造猪，五日造牛，六日造马，七日造人。如果把这个神话的前六天所造视为“六畜”的发生史，则人作为万物之灵，必然被安排在最后一个创造日。于是，民间乃有“正月七日为人日”的纪念性礼俗。每年的此日要登高赋诗、剪彩为人，以示庆祝。

从“要有光”三个字的背后，还可以隐约看出，耶和华的全部创造诀窍仅仅在于使用了人类所特有的语言。

以丰富多彩而著称于世的古希腊神话，在个人印象中似可归结为一个亘古常新的故事——俄狄浦斯王的故事。“《俄狄浦斯王》不仅在题材上围绕着一个谜语展开，而且，从它的序幕、展开、结局来看，它本身就是以谜语的形式构成的。”（让-皮埃尔·威尔南）这个谜语的谜底最简单又最复杂，就是一个字“人”。

设立此一谜语的是守候在忒拜城郊岩石上的人面狮身女妖斯芬克斯，过路人凡是猜不出谜底的，都要被她吞食掉。这个可怕的谜语不知已经断送了多少无辜的生灵。神话的这个耐人寻味的情节好像在暗示我们：世间最大的奥秘就是人。人类只有不惜以自身为代价，前仆后继地执着追寻，方才有望最终揭开这一奥秘。

唯其如此，一部人类认识史迄今远未完成的认识难题就是“认识你自己”。

然而，有朝一日代表人类智慧极致的英雄真的揭开此一谜底，难道就不再付出残酷的代价了吗？

荣格在《变形的象征》（*Symbols of Transformation*）一书中把斯芬克斯解说为母亲原型的象征，并从神话系谱学的角度做了如下分析：她是厄基德那（Echidna）的女儿，后者为上半身美女下半身蛇躯的妖怪。这种具有两面特征的生物与母亲原型相对应：上部是可爱而迷人的人形，下部是可怕的兽形——因乱伦禁忌而被变形为怪兽。厄基德那乃由原母——地母神该亚同阴间之神塔尔塔洛斯所生。她本人成了所有的恐怖之母：生下了喷火怪基迈拉、六头女妖斯库拉、三身怪革律翁、三头狗克尔柏洛斯、涅墨亚狮子以及啄食普罗米修斯肝脏的恶鹰。

又见斯芬克斯，2001 年 11 月 26 日摄于伯明翰街头

厄基德那还生了一系列的龙妖，并同她自己的儿子双头狗怪奥尔特洛斯乱伦而生出斯芬克斯。这种出身背景足以显示斯芬克斯之象征的复杂特性。很显然，如此重要的背景因素不可能仅靠解答某个天真的谜语就打发掉。事实上，这个谜语乃是斯芬克斯为不留心的游人所设下的陷阱，以一种典型的男性化方式过高估价自己智力的俄狄浦斯恰好掉入这个陷阱，于是在不知不觉中犯下乱伦之罪。斯芬克斯的谜语就是她本人——那可怕的母亲原型，而俄狄浦斯则对此谜语陷阱毫无警觉。[1]

经过荣格的原型系谱分析，这个人妖斗智的故事有了新的隐含蕴意：在叙述层面上猜破谜语的主人公只不过是表面上的胜者，他的智慧虽然远远超出常人，但还是不幸中了女妖巧设的圈套，陷入乱伦的罪孽而无法自拔，实际上仍是一个失败者。那个在谜底被说穿之际落荒而走（一说跳崖身亡）的斯芬克斯才是这场智力角逐的真正胜者。她的优势和不可战胜性早在设置谜语时便已预先注定了：解不开谜者注定要死，解开谜者注定要乱伦。区别似乎只在惩罚的方式上，愚者被从肉体上彻底消灭，虽凄惨但无精神折磨；智者则要自刺双眼后苟活在世上受尽罪恶感的煎熬。这结局倒是应验了“智慧的痛苦”这句古老的格言，让所有的爱智者感到不寒而栗。

深受荣格影响的美国当代神话学泰斗约瑟夫·坎贝尔在写《千面英雄》时，特意将神话人物俄狄浦斯同历史上的罗马教皇格列高利一世（Pope Gregory the Great，540—604年）相提并论，用精神分析的观点揭示出某种人类学的意义：

[1]C.G.Jung，*Symbols of Transformation*，*translated by R.F.C.Hull*，Princeton Univercity Press，1967.p.182.

弗洛伊德主义认为，我们每个人都始终在弑父和娶母——只是在无意识之中这样做：此种行为的间接象征方式和随之而来的强制性措施的理性化，构成了我们的个人生活和普遍文明。要使我们的感觉升格变为对这个世界的行为与思想的真实意蕴的洞察，我们就应知道俄狄浦斯所知：肉欲将会瞬间变成自我亵渎的汪洋大海。这也正是格列高利一世的传说之意义所在：生于乱伦，活在乱伦之中，一旦惊醒，则自放于海隅，以其生命为赎罪之资。[1]

在坎贝尔的这种解读之下，乱伦与自我惩罚不仅仅是他所称的“千面英雄”的宿命，而且是我们整个人类的宿命。从远古神话到现代小说，罪与罚的主题遂历写不衰，成为一种万古常新的永恒主题。

从文学史和思想史等多种视野看，这个神话都具有历久弥新的永恒召唤力。民俗学家列萨说：“如果说有过一个神话被给予了象征意义的话，那就是俄狄浦斯故事。很久以前它便赢得了学者和思想家的迷恋，至今仍是各种阐述的热门话题。如果不是索福克勒斯将它写成‘古希腊最伟大的戏剧’的话，或许这故事不会这样引人注意。由于他所给予这个故事的声誉，企图‘发现’这个故事表现了什么，便成为一种时髦。”[2]下面便是列萨举出的几种“发现”：

布里尔提出了一种自然主义的观点，他认为俄狄浦斯是光的拟人化，他的眼睛瞎了，表示天黑时阳光消失。故事主要情节是同斯芬克斯

[1] Joseph Campbell，*The Hero with a Thosand Faces*，Meridian Books，New York，1956，p.355.
[2] W.A.列萨：《俄狄浦斯的象征》，陈建宪等译：《世界民俗学》，上海文艺出版社1990年版，第163页。

做斗争，而这个神秘怪物的原型就是乌云。

奥托·兰克以他的分娩创伤理论来解释俄狄浦斯传说。他认为这个故事表现了俄狄浦斯以回到母亲的子宫去，来解决人的起源和命运这个神秘问题。他的瞎眼表示子宫的黑暗，他通过岩石的裂口消失于地下世界，象征着他希望回到母体中的愿望。这种解释基于兰克的更广泛的理论，这理论认为，男人发现子宫里自由、安全、无忧无虑而且总是愉快的，他将自己的生命寄托在试图恢复分娩带来的创伤上，正是这种分娩导致他来到一个痛苦而又不安全的世界。

许多精神分析家格外重视斯芬克斯之谜。西奥多·赖克在《俄狄浦斯与斯芬克斯》的论文中，说明这个妖怪是被杀的父亲的图腾表现，也是被杀的母亲的图腾表现，正像兰克在一本更早的著作中指出的那样，她是被她的儿子玷污了的。斯芬克斯的二重性，是被称为“综合”或“特征综合”这样一种尽管矛盾但却统一的构思的结果。罗亨也把斯芬克斯作为他整个著作的主题。[1]

上述各家的解说侧重在自然象征和精神分析方面，而自精神分析学的创始人弗洛伊德之后对此一神话的解读也为文化人类学家提供了广阔的用武之地。从跨文化视野讨论俄狄浦斯情结的有效性问题，较早有马林诺夫斯基的大著《野蛮人社会中的性与压抑》（李安宅中译本改名《两性社会学》）；60年代有综论性的著作如斯特芬的《俄狄浦斯情绪：跨文化的证据》。[2]在非西方的文化传统中寻找类似的神话与传说，

[1]W.A. 列萨：《俄狄浦斯的象征》，陈建宪等译：《世界民俗学》，第163—164、169、177页。

[2]William N.Stephens, The Oedipus Complex: Cross-Cultural Evidence, New York, 1962.

则有列萨的《大洋洲的俄狄浦斯型故事》[1]和洛威尔·艾德蒙的《俄狄浦斯：古老的传说及其后代类缘》[2]等一系列论著相继而出。此处仅就集中探讨斯芬克斯谜语的若干新见略讨论如下。

列维-斯特劳斯无疑要算弗洛伊德以来最重要的解谜者。他从结构人类学的方法出发进行神话分析，别出心裁地认为俄狄浦斯故事与初民的人口再生产问题相关。希腊文化中尚保留着人出生于土地的信念，然而经验和理性都表明人类是由男女交合而生的。俄狄浦斯故事旨在调解这个明显的矛盾，找出一种转换和解释的“逻辑工具”。斯芬克斯的被杀与否认人类从土中生长出来有关；俄狄浦斯的名字“肿脚者”，则涉及人的生长不能离开大地。在神话中，人类诞生于大地，当他们从地中出现时不会走路或只能笨拙地行走，这是一个世界性的母题。俄狄浦斯的弑父娶母，分别与企图脱离大地（通过对血缘关系的重视）和这个企图的不可能成功（通过对血缘关系的忽视）有关。[3]列维-斯特劳斯将他的这一发现写进那篇具有结构主义神话学宣言性质的论文《神话的结构研究》之中，在后来的人类学和文学批评中引发了无休止的争论。总的看来是信服者寡而反对者众，而他在另一篇不大起眼的短文中有关谜语诱发乱伦的比较分析却很少有人提及。列维-斯特劳斯出于一个人类学者的敏感，发现了如下事实：“谜语和乱伦之间的相互关联在由历史、地理、语言和文化所隔绝开来的不同民族中同样存在。”促成他做出这一判断的证据似乎来之不易：

[1] 见《美国民俗学杂志》，1956 年，第 69 卷，第 63—73 页。

[2]Lowell Edmunds，Oedipus：The Ancient Legend and Its Later Analogues，The Johns Hopkins University Press，1985.

[3] 列维 - 斯特劳斯：《神话的结构研究》，见叶舒宪编：《结构主义神话学》，陕西师范大学出版社 1988 年版，第 12—47 页。

在整个北美，确凿无疑起源于当地的谜语情境，迄今只发现了两个。第一个，在美国西南方的普比罗（Pueblo）印第安人中，我们看到一个世代扮演仪式上的丑角的家族，他们向观众提出谜语，而该家族则被神话说成是乱伦结合的后裔。第二个，就在阿贡奎因印第安人（请记住在该族的上述神话中的女巫恰恰是猫头鹰的女主人）中有关于猫头鹰或猫头鹰的祖先向处于死亡困境中的英雄提出必须由他解答的谜语这样一类神话。由此看来，在美洲，谜语也表现着双重的俄狄浦斯式特征：一方面与乱伦有关，另一方面与猫头鹰——在它身上我们看到了斯芬克斯的某种转换形式——有关。[1]

这一发现不仅为古老的希腊神话提供了重新解读的线索，而且为结构主义神话观的转换生成理论贡献出时空跨度极广的例证。列维-斯特劳斯当然不会轻易放过提出理论假说的宝贵机会。他进一步推论说：“在猜谜和乱伦之间存在着某种关系，不是外在的和事实上的关系，而是内在的和推理的关系，而这正是为什么像古代希腊和美洲土著这样不同的文明都能独自把二者联系起来的原因。像猜谜一样，乱伦把注定要处于分离状态的因素结合起来：儿子娶了母亲；哥哥娶了妹妹；谜语的答案也正是在同样的方式中找到的，它出乎所有的预料之外而回答了问题。”[2]看来谜语和乱伦确实都具有出人意料的性质，但这一共同点好

[1] 列维 - 斯特劳斯：《乱伦与神话》，见叶舒宪编：《神话—原型批评》，陕西师范大学出版社 1987 年版，第 238—239 页。

[2] 列维 - 斯特劳斯：《乱伦与神话》，见叶舒宪编：《神话—原型批评》，第 240—241 页。

像并不足以在二者之间建立必然联系。只要举出非洲班图人的谜语实例，就可以对上述假说提出质疑：

问：什么早上四条腿走路，中午两条腿走路，晚上太阳落山后三条腿走路？

答：人。[1]

在班图人中看到的这个谜语同斯芬克斯谜语几乎如出一辙，但班图谜语同乱伦事件却并无联系。这个例子可以证明斯芬克斯难题不是古希腊人提出的专利，而是人类共同面对的自我意识和自我认同的问题。

美国杜克大学的人类学教授拉巴尔便从人类普遍性着眼，解说这一谜语的象形蕴含。他在《人类动物》一书中用了一整章的篇幅回答“人何以为人”（Why Man Is Human）的问题，而斯芬克斯谜语作为这一问题的发端，自然占据了关注的中心。

拉巴尔指出，这个谜语看似简单，一旦仔细思索就会发现其内涵深而又深。“因为人是这样一种哺乳动物，其内在的本质就在于爱其同类成员的超常能力，这种爱的能力随年龄和环境而变化。”[2]此一事实的复杂性在于，人类有数种爱的方式，其中有些是人之所以为人必须学会的。幼儿只有一种爱的方式，但成人却有多种爱的方式。按照拉巴尔的意思，四条腿走路意味着婴儿仅有的依赖性的爱；两条腿走路意味着成

[1]P.D. 比尤产特：《班图的谜语》，陈建宪等译：《世界民俗学》，上海文艺出版社 1990 年版，第 271 页。

[2]Weston La Barre，The Human Animal，The University of Chicago Press，1967，pp.208—209.

人两性间的情爱；三条腿走路意味着老人对后代的慈爱。这使我们想到汉字“孝”的概念，这个字在甲骨文中写作长发老人手扶着一个小孩的形象。这个小孩对于老人来说，既是怜爱的对象，又是可以充当第三条腿的活手杖。原来国人奉为至上伦理的“孝”最初不光指晚辈对长辈所应尽的道德义务，同时也包含长辈对晚辈的慈爱之意。

根据人之所以为人的本质在于爱的观点，拉巴尔认为斯芬克斯谜语是我们每个个人在自己的人生途程的某些点位上都必须解答的问题。如果谁答不上来，那么考虑到他作为人的全部潜在能量已经终结，谁就只有死亡了。由此可以把那谜语转换成更使人困惑的形式：“什么东西会爱，却不是爱其所爱呢？”（Who may love，but not love the one whom he loves？）谜底同样还是“人”。人就是通过解决这个难题而成为人的，每个个人也是在一再解决这个难题后才会有道德上的成熟。

拉巴尔将人类的家庭生活同动物的野生状态做了对比，然后又回到这个谜语上来，分几个层次加以回答。对于儿童来说，“他会爱（依赖性的），却不是爱（性的）其所爱（母亲）。”对于成年男性来说，答案是另一个：“他会爱（对女人的性爱），却不是爱（性的）其所爱（曾是依赖性的，母亲）。”对于成年女性，答案又有所不同：“她会爱（对男人既有性爱又有依赖性的爱），却不是爱其所爱（对母亲无依赖性的爱；对父亲无性爱）。”[1]这样的解读有些像文字游戏，仅仅围绕着“爱”字的一词多义去大做文章。他做出这样分析的逻辑根据就是一个，即把“爱”作为人兽之别的本质要素。这一前提似乎还有再考虑

[1]Weston La Barre，The Human Animal，The University of Chicago Press，1967，pp.214-215.

的余地。

上述各家对这个古老谜语的解读曾在我脑海中反复翻腾，总觉得尚不能让人满意，但又一时想不出更好的解释。1997年暮春，来到琼海的万泉河宾馆为海南省作协青年作家读书班讲文化人类学，一开场就不知不觉地提起斯芬克斯谜语，居然出乎意料讲出一种与众不同的新解释来，正好用作文化人类学由来的历史引子，聊记如次以备行家通人当靶子用。

当时灵机一动想到海克尔和皮亚杰的“重演律”之说，即个体生命的发生历程在相当程度上重演着人类种属进化的漫长历史。为何不可从人类进化的大背景出发解说斯芬克斯谜语呢？谜语中所说的早、中、晚，既然可以理解为个人生命的幼年、成年和老年，又何尝不可理解为人类进化的初期、中期和后期呢？“什么东西早上四条腿走路？”说的是人类的前身作为猿猴同其他哺乳动物共有的四足特征，暗示作为种属的人来源于动物。“中午两条腿走路”，说的是人猿相揖别之后，告别了树上的生存状态，走下地来成为顶天立地的两足直立动物——猿人。“晚上三条腿走路”，说的是从猿人到智人，制造和使用工具的实践能力无异于拓展延伸了人的肢体，文化成为人区别于一切生物的第三条腿。其实就连隐喻第三条腿的手杖，不也是人类文化创造物对于人的肢体的延伸吗？世上除了人以外，又有哪一种动物懂得使用手杖，又有能力制作和使用手杖呢？如此谜底的揭破，把作为两足动物的人与作为文化动物的人完整地统合起来了。现代的人类学通常划分为体质人类学与文化人类学两大子学科，前者主要研究的是从“四条腿走路”到“两条腿走路”的所以然，后者主要研究的则是从“两条腿走路”到“三条腿走路”的所以然。

这样看来，如果我们要寻觅人类学思想的原始源头，也许没有比斯芬克斯谜语更古老又更合适的对象了。

印第安人的原罪故事

列维-斯特劳斯收集整理的特内特哈拉（Tenetehara）部落印第安神话中有一则标号为M77的作品《男人失去永生》，可作为原始版的原罪故事来看：

造物主所造的第一个男人生活在天真无邪的状态，尽管他的阳物总是勃起的。他试着用树薯粉汁滴洒的办法让阳物萎缩回原状，但是毫不见效。第一个女人得到水之精灵的教导，教会男人如何通过交媾来使阳物变软。当造物主看到软缩的阳物时便勃然大怒，说道："既然你的阳物会变软，那么你将生下孩子然后死去；你的孩子长大后也会造出另一个孩子然后死去。"告密的水之精灵则被丈夫阉割，尔后处死。[1]

这是一则解释死亡起源的神话。从中可以看到同伊甸园神话类似的

[1] 瓦格利（C.Wagley）等编：《巴西的特内特哈拉印第安人》，转引自列维－斯特劳斯：《生食与熟食：神话科学导论》卷一，英译本，纽约，八角书屋 1979 年版，第 155 页。

人祖犯罪受惩罚的观念。第一个男人之犯罪是第一个女人教唆之结果，如同亚当吃禁果是夏娃教唆之结果。第一个女人又是受了水之精灵的教唆才导致男人犯罪的，正如夏娃是受了蛇的引诱才偷食禁果并让亚当亦食禁果的。造物主对第一个男人的阳物萎缩不满而发怒，实际上是将未经许可的男女交合视为罪恶，随之而来的惩罚便是死亡的降临，这也和被赶出永生乐园的亚当夏娃必须面对死亡的宿命一样。由此看来，这则印第安神话同《旧约·创世记》中的人祖原罪故事确实在深层意蕴方面呈现出异形同构的特点。二者均把人类必死的宿命同性行为之间的关系表现为某种因果关系：

亚当和夏娃吃了禁果，意识到性别的差异，死便不可避免地降临了。与此同时，第一次出现了怀孕和生殖的可能。夏娃在被逐出乐园之后，人类开始了最初的怀孕。[1]

印第安神话的第一个男人在受到死的惩罚的同时也获得了生育即传宗接代的职责。结构主义者在这里解读出的乃是“二元对立”原理：生与死、男与女、罪与罚、善与恶、神与人，等等。“夏娃听了蛇的话，被诱和亚当犯下了近亲相奸的罪。”[2]这种近亲相奸的乱伦主题又和希腊神话中的俄狄浦斯故事暗中对应。而印第安神话中的第一个男人和第一个女人，二者作为造物主首次创造的人之初祖，显然也应视为亲兄妹

[1] 爱德蒙·利奇（E.Leach）：《作为神话的〈创世记〉》，见叶舒宪编：《结构主义神话学》，陕西师大出版社 1988 年版，第 139 页。

[2] 爱德蒙·利奇：《作为神话的〈创世记〉》，见叶舒宪编：《结构主义神话学》，陕西师大出版社 1988 年版，第 140 页。

一类的近亲关系吧。这乃是所有的人类起源神话不可回避的道德悖论：要么近亲相奸而繁衍后代；要么保持性的纯洁状态而绝后，独自在乐园中享受个人的永生。所有的神话都不约而同地选择了前者，难怪利奇得出结论说各民族神话表面上千差万别，实质上却有着万变不离其宗的“共同结构”。[1]

列维-斯特劳斯还特别指出印第安神话中“二元对立”的独特显现形式：“硬与软”的对立。它可用于区别话语的模式、行为的类型、生活方式，甚至世界的两个不同侧面。[2]而在前引神话中则具体表现为阳具的两种状态。在这里尚不需要伊甸园中的无花果树叶来遮羞，男女人祖显得比亚当夏娃更加纯朴天真，性器的变化作为中心意象出现在故事中，性行为的产生也像呼吸和吃饭一般自然而然，毫无掩饰或回避的必要。这和经过犹太教思想过滤改造的伊甸园故事形成鲜明对照。与性器官的突出表现相对应，原始神话还常采用惊人的夸张手法或象征认同的手法。在编号为M79的特内特哈拉部落神话中，阳具化身为蛇与一个印第安女人结为情侣，并使她怀孕。孕中的幼子每天白天跳出母腹去森林中做箭，夜晚返回她的子宫。这个女人的哥哥发现了此一秘密，让女人在幼子离开时躲了起来。当幼儿欲返回子宫时却不见了母亲。于是他求教于他的蛇祖父，后者让他去伤害他的蛇父亲，幼儿不愿，就在那晚变为一道闪光而升天了。他在空中打碎他的弓箭，这些碎片化为星辰。所有的人都在沉睡，唯有蜘蛛目睹了这一切。因此蜘蛛衰老时并不死亡，

[1] 爱德蒙·利奇：《作为神话的〈创世记〉》，见叶舒宪编：《结构主义神话学》，陕西师大出版社1988年版，第143页。

[2] 列维-斯特劳斯：《生食与熟食：神话科学导论》卷一，英译本，第155页。

只是改变其外皮。原来人和动物也有这种换皮的能力，但从这天起他们都失去了换皮还童之可能，一旦衰老就只有死了。[1]

这种神话虽然用了蛇的象征替代阳具和男人出场，但在揭示性、生育与死亡的依存关系方面同M77是一致的，因此也叫作《男人失去永生》。子宫中的儿子昼出夜入的情节以及造箭的细节，都是性行为的极端夸张和隐喻表达。正像过于硬挺的阳物终会萎缩，过于活跃的阳物也终会祸及自身——招来被阉割的危险。在编号为M80的乌鲁布（Urubu）部落神话中，蛇就是阳具，竟有半里之长，是造物主为了满足女人而特制的，因为当初男人有如孩童，并且处于无性状态（asexual）。在M77神话中，性活动的始作俑者水之精灵先遭到阉割后被杀死，活生生地验证出爱与死间的因果逻辑。在M80神话中，充当阳具的蛇先被造物主杀死，然后以碎尸万段的方式遭到最极端的阉割：造物主割下蛇头，将蛇身切割成碎块，分送给男人们作为个人的阳具。自此以后，男人有了性能力，女人在腹中怀孩子（不再在容器中）并需忍受生育之痛苦。[2]

列维-斯特劳斯从上述这一组神话中找出了共同的出发点：女人或女人们同蛇结合；还有共同的叙述程式：从结合状态分离开来；随后是破碎：M77中水之精灵的阳物被阉，M80中蛇头被割以及蛇身分解，M81中蛇子从母体中分离出来，M79中则为蛇子升天后打碎自己的弓箭。伴随着分离和破碎，生育与死亡的周期循环同时展开。个体生命的有限和族类生命的长存成为有性能力和交合活动的人之宿命。

[1] 列维－斯特劳斯：《作为神话的〈创世记〉》，见《结构主义神话学》，第156页。
[2] 列维－斯特劳斯：《作为神话的〈创世记〉》，见《结构主义神话学》，第158页。

在这里我们似乎看到了一个被称作文学永恒主题的原初表现形式，这个主题就是爱与死的关联。从神话的因果观念去判断，由爱而死的发展程序之原型应当是由性而死。因为性活动开启了生殖繁衍的大门，个体的死换来的是族类的延续。神话中暗含的这一思想为文明时期的后人完整地继承和发扬，如福柯总结古希腊的性学思想时所说：

总之，性活动被视为自然之事（自然而不可或缺的），因为正是通过这种活动，生灵才得以繁衍，作为一个整体的物种才得以免于灭绝，城市、家庭、家族及宗教也才得以比个人存在得更持久，因为个人必死无疑。[1]

在古希腊人的理论思考同印第安神话思考之间的一个差异就是：希腊人认为由于个体是必死的，才有必要通过性达到传宗接代的目的；印第安神话作者尚没有这样一种全然功利目的的性爱观，在他们看来，死亡是性交的偶然过失所招来的惩罚之结果，而生育则是性交的一种不期而遇的副产品，它根本不是目的，它全出于造物主的安排。

无论是印第安土著的幻想还是古希腊哲人的沉思，都实际指向某种生物学的理论发现。用佩珀的话来概括，就是："性复制是一个普遍的问题。人类不是通过芽接来生殖的，也不是像草莓植物那样伸出长长的匍匐茎，或通过心灵感应来生殖的。如果人类全部停止了他们的性活动和性交往，那么就不会再有更多的人出现。然而，没有戒规说一个个

[1] 福柯：《性欲史》第 2 卷《快感的功用》（The Use of Plasure），英译本，纽约海盗出版公司 1986 年版，第 48 页。

体要生殖，但是，生物学却为一切物种定下了一种偶然性：生殖或死亡。”[1]

在列维-斯特劳斯的指点之外，我们似乎还可从这组神话中看出另一种“二元对立”：有阳具状态和无阳具状态（阉割）；有性状态和无性状态。对立的两方面又是相互依存和相互转化的：有阳具就有阉割，正所谓“有无相生”。阉割也可以反过来成为获得阳具的契机，从而使无性的男人变成有性的男人。所有这些重要的启示对于我们探索阉割观念的起源和演变都有重要意义。原始人或许在智力水平上逊于文明人，但他们对于性别、性和阉割现象的关注正像他们对生育和死亡的关注一样，足以构成神话意识形态的核心内容。

原始神话以天真无邪和自然而然的态度面对人类的性别差异，突出表现性器官及其变异情形，其中包括其自然的变异（硬与软）和人为的变异（有与无即阉割）。相形之下，文明社会中保存下来的神话由于经过道德和宗教观念的过滤改造，已经在不同程度上回避性的表现，更加突出罪恶与惩罚以及由此而来的死亡的必然性。在古希腊神话中，性主题尚未完全退隐，在表现神灵家族中的父子代际冲突时常可看到以阉割作为解决冲突的手段；在希伯来和中国神话中已基本上把性主题和性器官从前台上排斥了出去，成为被压抑到集体无意识中的东西。从神话世界的这种发展变化迹象可以获得如下启迪：人类童年时代的智力水平对基于经验观察的两性差异现象极为关注，并对两性差别的主要标志即性器官给予充分的重视和强化的表现。这种情形正仿佛现代儿童心理发展

[1] 蒂莫西·佩珀（Timothy Perper）：《性符号：爱的生物学》，费城伊西出版社 1985 年版，第 55 页。

中有关性别、性器官差异和变化的印象所具有的特殊作用那样，曾经一度成为神话意识的焦点所在。

由此联想到弗洛伊德关于阉割情结和阳具羡慕对于男女儿童人格发展作用的理论，我们不得不佩服这位精神科医生敏锐的感觉和细致入微的观测。可以说，千百年来文明社会中的任何一位成年人都没有如此设身处地体会性器官之有无在素朴无邪的童年心理中所留下的强烈好奇和深刻印象，当然更不会有人像他那样强调此种童年印象对于人格发展的心理学意义了。

原“德”

“德”的概念在中国古代哲学中的纷纭聚讼虽较之“道”的概念要少得多，但此一词亦为古汉语中最受推崇的褒美词之一，因而在各种不同语境中歧义甚多，仅《中文大辞典》中就罗列出了20多种。诸如“修养”“品格”“本性”“行为”“节操”“贤明”“真理”“始生”“善教”“恩惠”“幸福”“利”“植”“得”，等等，若要把握这些歧义之间的逻辑联系，实在令人感到无从下手。不过仔细排比尚可看出，众多歧义中有几个与生命哲学关系密切者，似可视为这个字的道德哲学意义之基础或本源，那就是“始生”“植”和“四时之旺盛”。由这些义例可知“德”与“道”同样既用于自然，又用于人。比照之下，当是用于自然者在先，用于人者在后。价值方面的引申义出自生命自然方面的本体意义。

《礼记·月令》：“先立春三日，大史谒天子，曰：‘某日立春，盛德在木。’天子乃斋。立春之日，天子亲率三公九卿诸侯大夫，迎春于东郊。”注释家以“四时之旺盛”解说此处的“盛德”，可知就是指宇宙自然中的生命之气。春天是阳气萌动勃发，催生万物的时节。以立春之日为盛德在木的征兆，人间小太阳——天子亦有相应的东郊迎春之礼，其实质当然是接引阳气。“阳气”即日气、火气，与阴相对而言。《礼记正义》引孔疏云：

盛德在木者，天以覆盖生民为德，四时各有盛时，春则为生。天之生育，盛德在于木位，故云盛德在木。

天子在迎春礼上还要封赏下属，据信也是借阳气兴盛之机：

春，阳气始著，仁泽之时，故顺其时而赏朝臣及诸侯也。

在大自然的“盛德”激发之下，天子之赏赐当然也可视为“德”之表现，所谓“施德”“布德”是也。“德”的概念引申为恩惠、恩德，当然是顺理成章的。

“德”训“植”也出于同样的生命理念，“植”与“殖”通，二者分别指植物和动物的生命传衍。《管子·心术》云：“化育万物，谓之德。”这里的“德”不就是生命力或生育力吗？同书又说“德者道之舍”，可见“德”与“道”二者在实质上本来相关。郭沫若释“舍”为施舍，也就等于说“德”是“道”所施舍的产物。二者虽俱指生命本质，但“道”更具有本源性，或可视作生命第一因，创生之本根。《庄子·庚桑楚》又云：

生者德之光也。（成玄英疏：天地之大德曰生，故生化万物者，盛德之光华也。）

“道”作为阳力可以发光之太阳为表征，“德”既然也以发光为生命特征，看来也与太阳、阳精、火精具有潜在联系。“道”可以“明”，“德”同样可以“明”，二者作为阳力的外显特征大致无二。阳力虽为生生之本，但仍需与阴力相辅相成，所以有《易·系辞》“一阴一阳之谓道”的说法；同样有“通乎神明之德”的说法；《周易九家注》：“阴阳交通，谓之德。”如此看来，道在阴阳，德亦在阴阳。但这并不妨碍“德”以纯阳之气的形态进入人体之中。老子《道德经》第五十五章有一段话对于理解“德”之本义极有启示：

含德之厚，比于赤子。毒虫不螫，猛兽不据，攫鸟不搏。骨弱筋柔而握固，未知牝牡之合而竣作，精之至也。

任继愈先生对上段的白话语译文是：包含“德”的深厚程度，应该比得上无知无欲的婴儿。毒虫对他不刺，猛兽对他不扑，恶鸟对他不抓。他骨弱、筋柔，而握持得牢固。他还不知道什么是男女交合，而他的小生殖器常常勃起，因为他有充沛的精气。蒋锡昌先生对“竣作”一句的解说是：竣，又作骏，小儿阳物也。作，挺举也。此言赤子未知男女之合而阳物挺举，乃由精气极充满所致也。老子的这一比喻把“德”与促成阳物勃起的“精”视为同类，这就充分说明道家始祖倡导的“含德”“积德”“修德”，皆有积聚体内阳性生命力的意思，与伦理、品格等方面尚无确切关系。《庄子·天地篇》描述的“德人”亦可引为佐证：

德人者，居无思，行无虑，不藏是非美恶。四海之内，共利之之谓悦，共给之之谓安。怊乎若婴儿之失其母也，傥乎若行而失其道也。财用有余而不知其所自来，饮食取足而不知其所从。此谓德人之容。

在老庄看来，只有这种无思无虑，超然于是非善恶的世俗价值之上的人，才能积德体道，成为生命力最健全最旺盛的人。道家的这种生命观为中国气功养生之学奠定了基础。老庄一再用“赤子”“婴儿”来比喻他们理想中的德人，这也表明他们所标榜的“德”与社会道德价值无关，是与生命同在的阳性力。可见儒道两家所讲的“德”其实是同名而异实的。

把“道”与“德”的概念伦理化，使之具有强烈的价值色彩，是儒家利用和改造道家哲学用语的结果。汉初学者贾谊著有《道德论》，围绕“德”的概念构建理论体系，试图将道家生命哲学与儒家的伦理学说相融合。其主要论点为“德有六美”：（1）道，德之本；（2）仁，德之出；（3）义，德之理；（4）忠，德之厚；（5）信，德之固；（6）密，德之高。六美的顺序似脱胎于老子“失道而后德，失德而后仁”之说；但把“德”具体阐释为仁、义、忠、信等品格，则完成了“德”概念的儒家伦理化改造。

饺子食俗的哲学背景

大年初一吃饺子是我国北方广大地区广为流传的民间习俗，现在已经蔓延到东亚、东南亚乃至西方国家的华人居住区。饺子在中国饮食文化中足以充当最有民族特色而且最受世人欢迎的一个项目，不仅饮誉海内，而且远播海外，成为西方人了解中国食俗的一个窗口。

然而，饺子食俗背后潜在的神话与哲理却早已被人们遗忘了。当今仍享受这一美食的近10亿人中也没有几个能真正懂得正月初一吃饺子的所以然，这也真算得上是个千古之谜吧。

外国人常常分不清中国的饺子与馄饨，把二者统称为“水煮包子”。先别发笑，其实我们自己原来也是把这两样食品混为一谈的。饺子古人名曰饺饵，以其形状像耳朵的缘故。更古老的称呼却是“馄饨”。《正字通·食部》说得明白：

“饨，今馄饨，即饺饵别名。俗屑米面为末，空中囊馅，类弹丸形，大小不一。”

颜之推云：“今之馄饨，形如偃月。”

后人把大一点的叫饺子，把小一点的称馄饨，好像成了两种食品，其实本来都叫馄饨。了解到饺子古名叫馄饨，等于为破解这一古老食俗之谜找到了思考的线索。简单地讲，新年吃馄饨的礼俗同道家的创世神话密切相关。根据《庄子·应帝王》篇讲述的寓言，我们知道世界开辟以前的存在唯有一位名叫混沌的大神。他的形貌特征与人类不同，没有眼耳口鼻七窍，简直像一个全封闭的大肉球。“混沌”这个名字就是指代这种浑然不开化的原始状态。后来有两位代表时间和空间的神给混沌神凿开了七窍，混沌神反而因此而丧生，但却换来了世界和万物的诞生。

按照道家哲学的观念，开辟之前的混沌状态是最美好的理想状态，所以老子、庄子皆以重返混沌作为他们的哲学主题，所谓的“复归于混沌”“复归于朴”“复归于婴儿”，指的都是同一个意思。

神话学家们发现，复归原始的主题是新年礼仪活动的表现重点。许多民族都只有在新年庆典上才朗诵创世神话，并象征性地重演创世前的混沌状态。中国人的正月初一吃“馄饨”显然可以由此得到透彻的解释：那正是全民象征性地回归“混沌”状态，重新开始新的时空运行的无意识行为。《食物志》中说：“馄饨，或作混沌。”可知作为食物品种的馄饨（饺子），其起源就在于模拟神话中无窍无面的浑圆之神——混沌君。

按照远古风俗，馄饨并不是一年之中随时可以食用的，而是规定在正月初一天刚亮时食用的。换句话说，吃馄饨本来不是为了美味的享用，而是为了信念的礼仪性规定行为。因为新年的开始，象征性地重演着创世行为的开端；年三十晚的制作馄饨，则象征着全社会重新回到了创世之前的那个状态：馄饨本身的那种浑圆无窍、中空裹肉的特征不正是完全仿效着被开七窍以前的混沌神的外貌吗？

宗教史权威学者艾利亚德认为，原始社会中的新年礼仪几乎没有例外都是对创世神话的象征性表演。人们相信世界是需要通过礼仪活动而得到一年一度的自我更新的。新年庆典正是为此而设。信仰者们希望借助于新年的礼仪性活动重获原始的创造力和生命力，并且体验一种回归初始的神秘与欢欣。

看来，正是由于原始信念在后代的失传，才使表现这种信念的新年食品馄饨礼俗演变为今天世俗性的美食之风了！

中国人的“口福”

从全世界范围来看，中国是最注重“吃”的国度之一。世界各地的人们不难留下这样一个强烈印象，中国餐馆无处不有，而且总是在众多的烹饪传统的竞争中独超众类，中国菜之美味早已饮誉全球。如果说中国文化走向世界还只是当代人的一个期望中的口号，那么中国的食文化实际上作为最先走向世界的中国国粹，已经在整个西方世界生根开花结果了。尽管西方人对中国文化的兴趣因时地而异，但对中国餐馆和中国菜却不免肃然起敬，交口称誉。龙的飨宴实已发展为人类的飨宴。

当林语堂先生在海外被人问到吃的内容时，他答曰：“凡是地球上能吃的东西我们都吃。出于爱好，我们吃螃蟹；由于必要，我们又常吃草根。我们人口太多，而饥荒又过于普遍，不得不吃可以到手的任何东西。如果说还有什么事情要我们认真对待，那么，这样的事情既不是宗教也不是学识，而是“吃”。我们公开宣称“吃”是人生为数不多的享受之一。[1]在儒家第二大圣人孟子的书中就有“食、色，性也”的声明。如果说儒家礼教代表了中国式禁欲主义，那么这种禁欲主义同西方、印度等其他文明中的禁欲主义有明显差异，即只对性欲严加看管防范，如临大敌；而对食欲，却想方设法使之得到满足，并在解决“口腹之欲”的基本生存要求之上更求美味美食。孔圣人本人一方面要求青年人“戒之在色”，即禁绝性欲，另一方面又倡导“食不厌精，脍不厌细”，希望能在吃上精益求精，尽善尽美。这无异于一种在吃问题上的纵欲主义。这种在吃上的讲究与放纵同在性上的压抑与禁止的奇妙组合构成了中国文化传统最独特的一面。用通俗的说法来总结概括，那便是“口福深而艳福浅”（除了在万人之上的皇帝，他才是食色兼顾不偏不废的）。或者说是“吃喝大国，性爱小邦”。台湾作家李敖有感于此而作《大中华，小爱情》一文，声称“我看了古往今来的许多所谓爱情故事，忍不住好笑说：‘中国人中的这种人呀！他们不懂得爱情！’在上下几千年的中国历史上，我们简直找不到多少可以歌颂的爱情故事。这可是中国人的大耻辱！”[2]不过，李敖先生没有意识到，中国人这种耻辱是以在吃方面的极大荣耀作为补偿的。中国的汉语以词汇丰富而著称，其中关于性欲、爱情方面的词汇却贫乏得可怜，而有关口腹之欲的词汇却无比丰富。这不能不说是中国饮食对文化的独到贡献。

按照“用进废退”的生物进化原理，在“以食为天”的华夏传统中，我们的祖先早就培育出了一种异常先进、异常敏感的口舌，与口舌感觉相对应的古汉语字汇反映了这一点。在英语中，描绘大蒜或辣椒、

[1] 林语堂：《中国人》（旧译《吾土吾民》），浙江人民出版社 1989 年版，第 297 页。
[2] 李敖：《李敖的情话》，湖南文艺出版社 1990 年版，第 61 页。

洋葱的味道，只能借用形容冷热的hot一词，却没有特指口舌感觉的“辣”字。而汉语中特指花椒类调味品之味的“麻”字在英文中更找不到对等物。“麻辣豆腐”译成英文就成了“热的豆腐”。仅此一例便可看出中国食文化对于人类口舌感官的进化所起到的独特作用。由于我们的祖先无所不吃，他们的口舌对于各种食物之间差别的细微感受自然不是那些实行这种或那种食物禁忌的民族所能比拟的了。历史上关于神农尝百草和伊挚不言鼎的传说表明，味觉的高度敏锐是怎样受到崇敬乃至神秘化的。

由于《圣经》中的人类始祖因口腹之欲而犯下了偷食禁果的原罪，西方基督教的禁欲主义一开始就将食性二欲并列，视为住在人体之内的恶魔。于是，对口舌的压抑同对性的压抑是同时展开、齐头并举的。《旧约》中充斥着“不准吃这”“不准吃那”的种种清规戒律。以《旧约》为经典的犹太教徒及受犹太教影响的伊斯兰教都把猪这种最易饲养的家畜列为吃的禁忌，而猪自新石器时代至今一直是中国大陆从南到北最普遍最重要的食肉来源。美国人类学家马文·哈里斯（Marvin Harris）写道：“在古代以色列人的‘伟大施舍者’的分食宴席上，牛、绵羊、山羊的肉都是上等的食品，人们似乎很难理解，为什么禁食猪肉这样的美味食物。在巴勒斯坦、叙利亚、伊拉克和安纳托利亚的新石器时代的村庄中，出现家猪残骸的时间并不比出现绵羊、山羊残骸的时间晚多少。此外，猪和其他家畜不同，人们养猪主要是为了取肉。猪不能产奶，不能当坐骑，不能看牧其他牲畜，不能拉犁或背负重物，也不能捉老鼠。但猪作为肉类的提供者却无可匹敌，在整个动物王国中，猪是把碳水化合物转化为蛋白质和脂肪的效率最高的动物之一。猪每吃

100磅饲料，就大约能长20磅肉，而牛吃同样多的饲料只长大约7磅肉。以每卡饲料热量所产出的热量看，猪的产出效率是牛的3倍多，是鸡的2倍多。”[1]猪这种在中东地区被禁食的动物能在中国成为根本的肉类来源，当然有生态环境方面的原因，但“食文化”的作用亦不可低估。汉字中的“家”字在甲骨文中呈现为房屋下面有只猪的造型。这个字曾迷惑了许多文字学家，为什么人的家庭不由房内的人来表示，却用房内的猪来表示呢？仰韶文化遗址的发现表明，我们新石器时代祖先已普遍饲养家猪作为重要食物，当时的猪确实曾与人同室，室内有一专门区域作为猪圈兼厕所。家养的猪作为食物保证，促使人类结束往昔那种“飞土逐肉”的原始狩猎生活而迈向定居生活，这正是原始家庭赖以存在的新形式，用屋内有猪来表示“家”的概念，突出了产食经济作为家庭基础的重要作用，也为后人留下了考察猪与中国文明起源关系的线索。近年来在辽宁红山文化遗址同时发现5000年前的猪头玉龙和红舌猪雕像，对于我们这个世界头号养猪大国来说，绝非偶然。

与禁食猪肉的西亚伊斯兰文化圈相对应，在南亚有禁食牛肉的印度文化圈，这可以说是人类片面压抑自己食欲的又一种典型形式。猪肉成为禁忌是因为猪被视为肮脏之物，遭人厌弃；牛肉成为禁忌则是由于印度人视牛为神圣而倍加崇敬。“在今日的印度，只有贱民才能任意食用肉类。严守戒律的上层阶级则只吃蔬菜和乳制品。吃肉一向是件犯忌的事，而吃牛肉尤其犯大忌。”[2]中国上古的情形与印度相反，素食不是禁忌的结果，而是由于经济条件限制而不得不如此。肉食才是真正的荣

[1] 马文·哈里斯：《文化的起源》，华夏出版社 1988 年版，第 125 页。
[2] 马文·哈里斯：《文化的起源》，第 134 页。

耀和口福，是普通人所向往和羡慕的上层阶级的享受。我们在《诗经》中所听到的“彼君子兮，不素餐兮”的慨叹和《孟子》所憧憬的以“老者衣帛食肉”为标志的理想社会的情形，都足以表明中国人在素与荤之间的价值取向。而由梁山泊好汉们所建立的农民平等理想不也是以“大碗吃酒肉”为号召的吗？至于牛肉，在中国古代非但不为禁忌，反而是肉类中的上品。《诗·小雅·楚茨》云：“济济跄跄，絜尔牛羊。以往蒸尝，或剥或亨，或肆或将。”上古祭祀用牲有等级之分，高级祭祀必须是牛、羊、猪三牲俱全的，称之为“太牢”，以便同没有牛的“少牢”相区别。有时单用牛也称太牢。《大戴礼记·曾子天圆》：“诸侯之祭，牛曰太牢。”与供给祖灵神鬼的肉食用牲相对应，牛也是六畜之中较尊贵者。牛加上酒，曾作为王者封赏或馈赠的用品。《战国策·齐策六》：“乃赐单（田单）牛酒，嘉其行。”《后汉书·臧宫传》：“其渠帅乃奉牛酒以劳军营。”刘向《新序》：“赵简子使者聘孔子于鲁，以胖牛肉迎于河上。”可见牛肉不仅是当时肉类中的上品，而且牛肉以肥厚为美，这同“羊大为美”的上古食肉口味相合。

"国粹"可曾"粹"

19世纪末的话题是"自强保种"。

20世纪末的话题是"走向世界"。

数千年来那种只敬自己的祖宗、只爱自己的国族而诅咒别人的祖宗、惧怕或敌视别人的国族的心态终于开始有了改变。世界文化由闭锁、分割而走向开放、交流，形形色色的种族主义、民族主义、自恋狂和自大狂等历史遗留的本位价值观都随着全球一体化进程的加速而受到挑战，面临着消解和淡化的命运。文化相对主义则为越来越多的社会集团和个人所认同，从少数人类学家的田野作业原则发展为处理国际交往和文化碰撞问题时的普遍共识。这种立场的移动和心态的转换自然为不同文化间的相互理解和沟通开辟了无限广阔的空间，并且在每一文化内部引发出"重新定位"（reidentification）和"再阐释"（reinterpretation）的强烈需求。

如果把昌明国粹、复兴国学、强调中国特色等主张看成本土文化面临西方文化冲击而产生的本能的自卫性反应，那么这些不同名目之下共同的文化心态也就不难理解了。人类学家告诉我们，所有封闭的文化传统在同外来文化接触的时候都会有此种自卫性的反应，复古、祭祖、弘扬是最常见的排外口实。所不同的细节是：当年的国粹倡导者身着长袍马褂，口吐“之乎者也”；今日的国学复兴者已是西装领带，手敲着美式IBM电脑软件，口念着半欧化的语句……即使那些自觉要求抵制西方话语霸权的宰制，或欣喜地呼喊着21世纪东方复兴的国人，也还是难逃站在囚牢中谈论自由的窘境。试问：所谓“世纪”难道不是以基督教历史观为本源的西方时间尺度吗？所谓“东方”难道不是典型的欧洲中心主义的空间划分之结果吗？我们不自觉地使用这些词语的同时也就在时空观和世界观上“西”味浓重了，哪里还谈得上弘扬传统呢？既然我们在话语系统上已经背祖离宗，用“国粹”去统一世界、照亮未来的企图也难免有一厢情愿之嫌了。

站在“再阐释”的立场上把文化交往与传播视为历史过程，情绪化的激动反应将随之消解，一些始料不及的发现会让我们吃惊之余变得更为冷静，更为沉稳。从广义上理解的西方文化，并非与“国粹”毫不相容，其实就连被当作正宗“国粹”的许多事物，也都可追溯为西方文化的产物。因为古人所理解的“西”可泛指一切来自西域的异文化成分。就连被我们奉为汉民族始祖的炎黄二帝，也不是纯然不杂的本土首领。炎帝姜姓，黄帝姬姓。姜与羌二字在甲骨文中本可通用，而许慎《说文解字》释“羌”为“西方之牧羊人也”，多少透露了一些史前文化大迁徙的信息。属于蒙古人种阿尔泰语系诸语族的游牧文化，发源于中亚高原阿尔泰山地区，各部落自西向东运动，构成当今东北亚广大地区的多民族分布格局。其中的突厥语族占据了西域广大地区，氐羌族群则继续东进，到达渭水流域，与黄帝族的农耕文化发生碰撞与融合，这就是姜姓的炎帝部落集团之由来，其时约在5000年前。又一支来自西方的羌人在4000年前进驻中原，创立了中华第一王朝夏朝。其开国领袖大禹，今人皆知是治水英雄，但溯其祖籍，却与炎帝同源而异流，也属自“西”而“化”入中土的外来文化。《荀子·大略》说“禹学于西王国”；《新语》和《后汉书》等都有“大禹出于西羌”的记载，绝非偶然。由此看来，不论是中华人文之祖，还是华夏文明的开启，本来就与西方文化运动有着不解之缘。只因来源于东夷地区的殷商一族在灭亡夏朝之后视西羌为仇敌，秦始皇更耗尽天下财力去筑长城，希望从此把游牧文化挡在塞外，这才日渐滋长和强化了定居农耕的汉族文化那种封闭排外的自保意识。本土的史书中对“远方异人”不绝如缕的记述，留下了阿尔泰游牧文化东进的一连串阴影——蚩尤、鬼方、畎方、羌方、荤粥、猃狁、长狄、姜戎、匈奴、鲜卑、慕容、高车、党项、吐蕃、契丹、女真、蒙古、满族……这些早期的名字中所隐含的贬损与敌对之意蕴，仅从那些从犬从羊的汉字偏旁就可略窥一二了。英国皇家地理学会的麦金德博士曾把欧洲文明的历史看作属于亚洲的历史，因为欧洲文明是反对亚洲草原文化入侵的长期斗争之结果。同样道理，中华文明的形成和发展始终围绕着东与西、南与北两条轴线做往复的运动，可以看作是中原的黄土文化反抗和同化自西向东播散的游牧文化5000年争斗的结果。汉字中“真”“善”“美”三个概念竟有两个从羊会意，这足以表明汉文化中早已渗入了“西方牧羊人”的文化成分。许多被当成“粹”的东西，原来并不“纯粹”，恰恰是文化传播与融合的结晶。

汉代以降，丝路开通，古人对“西”的理解又加入了印度文明的成分。《西游记》与《大唐西域记》都把印度确认为“西”。直到近人梁漱溟作《东西文化及其哲学》，仍用“西”指称印度文明。从这个角度考虑国粹中的西方文化成分，还有更多的问题可以考虑。季羡林先生曾提出屈原《天问》关于“月兔”的观念即来自印度，天文学史家们也有二十八宿源于印度之说，这些说法若能成立，至少丝绸之路开通的年代要大大上推。较有确证的是中国神话中开天辟地的盘古大神。20世纪初日本学者高木敏雄和我国史学家吕思勉曾先后举出佛经文献说明盘古尸体化生世界的神话模式由印度传入中国。而先秦两汉的诸多典籍中无一字提到盘古，三国时佛教已渐流行的背景下始见录于《三五历纪》等书，可知是后出的假冒神祖。至于后代小说不分青红皂白，开篇套语皆称“自从盘古开天地，三皇五帝到如今”，那是误将“西”域之神强加在本土祖先之前，错认成“国粹”了。《西游记》中的猴行者孙悟空也被当成中国古典文学独特的创造，可当人们读到印度大史诗《罗摩衍那》中的神猴哈奴曼事迹，才知道孙悟空的原型也出自崇拜猴子的印度文化。

中国古代文学理论最杰出的体系性著作《文心雕龙》近代以来受到很高的推崇，认为足以同希腊哲人亚里士多德的《诗学》相媲美，是最富有民族特色的精神瑰宝。可是严格考察不难发现，《文心雕龙》的体系性建构在中国文论史上几乎是空前绝后的特例，关键在于作者刘勰自12岁出家在钟山定林寺学习翻译佛经，印度宗教哲学特有的逻辑思维方式铸塑了他的头脑，终于在评点感悟式的中国批评方式之外另创理论架构。这与其说是本土文化的产物，不如说是中印文化汇流的历史见证，“西学东渐”的又一标本。

就连我们今天日常语言中的一些基本词语，如世界、众生、真谛、因缘、慈悲、一刹那，等等，也都是随着佛经汉译而带到汉语中的印度词。《佛学大辞典》中数以万计的词目，皆可视为中国话中接受的印度赠品。倘若以本土话语为固定不变的正宗嫡传，今人恐怕已无法开口讲话了。

谁来导演张艺谋

1987年，柏林举行的第38届国际电影节最高奖金熊落到了一个半路出家的中国大陆青年导演张艺谋手中，一时间举国哗然。这位来自大西北黄土高原的野路子艺术家顿时成为国内外新闻媒体的关注焦点。西方影艺界有人愤愤不平：标志着国际电影艺术最高荣誉的一项桂冠为什么让一个黄种人捧去了？国内评论界则流行另外一种看法：张艺谋的《红高粱》之所以受到洋人的赞赏，并非由于艺术上的成功，而是由于它迎合了外国观众对异国情调的期待，不惜用夸张的丑化的方式把中国传统文化中一些见不得人的东西搬上银幕。简言之，这小子玩的是家丑外扬、哗众取宠的一套把戏。随后，他又先后玩出了以乱伦主题问鼎奥斯卡“最佳外语片奖”提名的《菊豆》，土得掉渣却又赢得1992年第49届威尼斯影展“金狮奖”的《秋菊打官司》……于是，理论界有人称张艺谋为中国电影导演的“第五代”魁首，其最引人注目的特征就是蔑视礼法道德，浓墨重彩地塑造那些“最美丽最丑陋、最超脱最世俗、最圣洁最龌龊、最英雄好汉最王八蛋”（莫言小说《红高粱》语）的男女主人公。更有甚者，他们还大胆突破题材的界限，把前四代导演想都不敢想的场景画面一一展现在中外观众眼前：十八里坡的高粱地野合，杨家染坊的窥淫与私通，陈家大院中的发酒疯；还有各种不登大雅之堂的东西，诸如残疾者的生理缺陷、尿尿酿酒的陋俗、土匪打劫和活剥人皮……所有这些，足以使评论界轻而易举地把张艺谋划归到现代艺术潮流中的民俗派或寻根派，似乎正是这些中国最土气的因素成了张艺谋获宠于洋人的关键。

其实，这是一种肤浅的看法，它完全误解了这位艺术家。在他的背后，还潜存着一位看不见的真导演，那是古希腊神话中的风云人物——酒神狄奥尼索斯（Dionysus）。这位异域大神的降临，使张艺谋的影片获得了生气和魂灵，并且使黄土地上发生的故事升格为一种神话。同样以抗日战争为背景的影片，在中国早已司空见惯，但是《红高粱》区别于《平原游击队》和《地道战》的决定性要素，不光是艺术表现手法，而主要在于狄奥尼索斯精神。

德国哲学家尼采在其名著《悲剧的诞生》（有周国平中译本）中首次论述了狄奥尼索斯精神，又称酒神精神。与之相对的是阿波罗精神，即日神精神。酒神精神与日神精神代表着西方文化传统中的两极：前者代表狂暴、陶醉、激进和非理性，后者代表静穆、安详和理性。酒神精神源出于古希腊人祭祀狄奥尼索斯的狂欢祭典，而此祭典也是悲剧这种西方戏剧形式的雏形。尼采的哲学和美学思想对20世纪的文艺产生了深远的影响，中国新文化运动的旗手鲁迅就对尼采发生过强烈的认同，亲自翻译了尼采的《查拉图斯特拉如是说》，并汲取尼采倡导的“超人”精神，塑造出中国式的“狂人”，希望借以一种异邦的强力意志去唤醒和拯救我们这样贫弱不争的“国民性”。时隔60多年，尼采学说又在中国电影第五代导演这里发挥出脱胎换骨的作用。张艺谋在《红高粱》开拍之前曾从友人处借来尼采的《悲剧的诞生》，细加研读后对尼采阐发的狄奥尼索斯神话与仪式产生出极大兴趣，又特意请来学者讨论过酒神精神的问题。这样，莫言的小说《红高粱》就成了张艺谋借中国文学的背景和人物去图解和阐扬西方酒神精神的媒介了。影片《红高粱》把狂放不羁的酒神祭典以中国化的形式投射到黄土地上，再现了十八里坡的酿酒作坊，同时也将叛逆和非理性的酒神精神注入光头赤膊的中国农民形象群中。于是，我们在银幕上看到了与现实生活相距甚远的神话图景。本来是以温和醇厚见称的高粱酒，在影片中却置换成狄奥尼索斯迷狂性格的化身，“我爷爷”和“我奶奶”本是地地道道的山东农民，在影片中成为尼采所言强力意志的化身，他们完全不像鲁迅的《故乡》或茅盾的《春蚕》中塑造的那种典型的中国农民，无论是传播千年的封建礼法还是沉重艰难的现实生活都难以抑制他们骨子里的狂放冲动与反叛精神。从颠轿、野合和酿酒，到杀人和抗暴，一系列轰轰烈烈的场景无一不是酒神祭典的演示和延伸，就连与酒神相辅相成的日神也寓言式地出现在影片末尾，那象征性的日食曾经让99%的观众困惑不解：原来日神的退隐正是酒神精神在悲剧性的牺牲中得以完成的反衬。“我爷爷”和众伙计高举土炸雷和火罐向日本兵的军车冲去，只听巨响一声，枪炮和人的呐喊声都顿时终止，只剩下长时间的无声画面，血红血红的高粱迎风狂舞，预示着酒神精神的不死和再生。至此，导演借中国故事展现和阐发狄奥尼索斯精神的用意已圆满完成，却给中国的观众留下了难以破解的困惑。

本来，狄奥尼索斯就是死而复生的神，希腊人一年一度举行祭典就是为了将人为生活与大自然的生命循环相互认同，把大悲和狂欢的情感节律同神的死亡与复活联为一体。狄奥尼索斯还是生命力和性力之神，在庆祝他复活的节日游行中要抬着巨大的生殖器模型，不受礼法拘限的性行为也伴随着节日庆典而发生。性爱与死亡的这种交织主题在表现酒神的《红高粱》以及张艺谋的其他作品中也同样占据着中心位置。尽管在中国传统文化中，“酒”和“色”加在一起足以构成道德舆论谴责最甚的大恶，但是从封建文化积淀最深厚的黄土高原走来的年轻导演还是要响应尼采激进的反传统号召，做出反弹琵琶的大胆尝试，让他镜头之中的那些“酒色之徒”担当弘扬“超人”和“狂人”精神的历史重任。这部在本土反响平平的所谓“民俗片”能在柏林受到激赏恐怕并不是毫无道理的，那不正是诗人哲学家尼采的故乡吗?

如此说来，张艺谋导演的只是《红高粱》，真正导演张艺谋的却是狄奥尼索斯。

归根情结说

何谓归根情结

人是一种具有归根返本情感倾向的动物。

为了给自己的这种情结寻找生物学上的普遍性根据，人创作出“叶落归根”“鸟飞返乡”“狐死首丘”一类的说法，好像“归”是大自然的公正安排，宇宙间永恒不变的生态伦理。其实，如果冷静地分析一下这些说法，就不难发现其中的虚假和漏洞。严格地讲，树叶飘落是地心引力作用的结果，与树根毫不相干。叶落归根的说法纯粹出于人类一厢情愿的拟人化类比，它不是在说明什么客观事实，而是在为人类自己的归根情结提供伪证。狐死首丘一说同样出于人的自我中心错觉。自屈原《哀郢》唱出“狐死必首丘”一句，后世骚人墨客呼应不绝，但究竟何为首丘，几千年来仍未说清。解经大师孔颖达在《礼记·檀弓篇》注疏中说：“所以正首而向丘者，丘是狐窟穴根本之处，虽狼狈而死，意犹向此丘。”楚辞学家蒋骥却又说：“首丘，谓以首枕丘而死。不忘所自生也。”这里的“向丘”与“枕丘”两种解释的分歧表明，其实谁也不曾亲眼看到狐死的真实情状，首丘说仍不免是一种主观臆测或附会，是人将自己的归根情结投射到动物的生活习性上了。

人为什么要如此强词夺理地证明归根返本的重要性和必然性呢？比较宗教学的当代泰斗艾利亚德（M.Eliade）专门撰写了一部题为《永恒回归的神话》的大著，对此做出圆满的解答。他通过大量资料的对比，发现原始社会的宗教、神话和仪式总是围绕着一个中心主题，可称之为“永恒回归”或“永久循环”（the eternal return）。无论是世界的创造、堕落、毁灭，还是个体生命的诞育、死亡、再生，都鲜明体现着周而复始、循环回归的规律特征。这种原始的本体论又得到日换星移、春去秋来的大自然周期性变易方面的有力证明，形成某种天真而坚定的循环历史观：洪水浩劫之后必有二度创世，失乐园之后还有复乐园，天堂可以再期，黄金时代一定重临。只要信守永恒回归的本体论，便可以处变而不惊，临危而不惧，正所谓乐天知命。文明时代产生的各种人为宗教无不借助于这一源远流长的思想遗产而大做文章。于是，“归”在人们的反复认同之下升格为某种信仰，通过现实的或仪式化的、宗教之“皈”或世俗之“归”的种种尝试，人们有效地消解着与生俱来的漂泊无依之感，克服着因生命挫折而带来的惶惑、失意、焦灼和恐惧，重新求得如在母胎中的那种精神安宁。诚如老子所云：“归根曰静。”“归”则无怨无悔，心安理得；不“归”则魂牵梦绕，朝思暮想。“归”的信仰实际上发挥着巨大的心理治疗功能，难怪毛阿敏一曲《绿叶对根的情意》能让千千万万听众唏嘘落泪；费翔《故乡的云》则借浪迹天涯的游子之口将归根情结的心理医疗价值和盘托出了：

是那故乡的风
和故乡的云，
为我抚平创伤。

在个体生命的有限经验之中，归根情结的确起到了自我治疗的心理平衡作用。其展开的方式不外乎两种：从空间上“归”，乃有家国之恋与思乡之愁；从时间上“归”，则表现为童年的追忆或程式化的怀旧。凡此种种，早已演化为文学艺术史上永恒的主题，历久而常新，古今中外皆然。道家圣人成功地将这两个方面统合到一个最极端的日常经验表象之中，曰：“复归于婴儿。”

归根情结的根

既然生物界并不存在普遍性的归根倾向，那么人类的这种倾向也就不能直接从遗传与进化方面求得解释，而应从人类的特性上去寻找答案。心理学家认为，人是一种精神相当脆弱的生物，个体从一出生就面临着各种各样的困苦和危险，最简单的逃避风险的努力表现为回归母腹的无意识冲动。这一见解或可为归根情结的无意识心理基础提供依据。弗洛姆写道：成人同儿童一样渴望得到母亲的庇护。“在精神病症中，这种要求得到母亲无限关怀的现象俯拾皆是。其中，最极端的表现是渴望回到母亲的子宫。一个人如果被这种欲望完全控制，他就可能患精神分裂症。他会像母亲子宫里的胎儿一样感觉和行动。”人类学家还发现，原始部落社会中有一种叫作“复归子宫”的启蒙礼仪，让已成年者通过象征性地回返母体而获取精神新生的条件。这种古老的礼俗还以变相的形式保留在基督教的洗礼仪式上。在罗马天主教礼拜仪式上，圣水盆便被称作“子宫堂”，信徒的精神皈依就这样类比为重回母体。

人类的心理中为何会产生这种执着的归根欲望呢？社会生物学的研究又为此找出了生理方面的原因。同其他的动物相比，人类女性的哺乳期既漫长且繁难。小鸡跳出蛋壳就开始了自己谋食的独立生活，小马驹脱离母胎就学会站立和奔跑，可是人类的婴儿一切都无法自助，其生命的初始几年完全依赖于母亲。在整个哺乳期间，婴儿全部的求生本领除了吮吸就剩下哭叫。人类母亲要长时间地把幼儿抱在怀中，摇着他，拍着他，摸着他，吻着他，给他喂奶喂水、擦屎接尿。这样一种幼年经历的母子关系必然在人的心理中留下不可磨灭的印记，使他面对人生的艰险和挫折时总会无意识地产生回归母亲庇护处的强烈欲求。母亲的怀抱成为继母体子宫之后最后一个无忧无惧、安全舒适的所在。中国人受到惊吓时习惯叫娘。恐怕很少有人对此种司空见惯的语言现象去刨根问底，求解其所以然：为什么我们脱口而出的惊叫总是“妈呀”而不是“爸呀”呢?

细心的研究者还发现，作为回归的理想目标，母亲的怀抱同子宫之间本来就有一种模拟性的关联。莫理斯指出：母亲对新生儿的爱抚实质上是要补偿他业已失去的子宫的舒适。“婴儿出胎后的替代性工作由母亲或者她的助手通过若干种方式加以施行。最明显的一种替代方式就是用母亲的怀抱来替代子宫。典型的母亲抱婴儿的方式是抱满怀，即让婴儿的身体尽可能多地与母亲身体相接触，只是不要有碍婴儿呼吸。怀抱婴儿和简单地手持婴儿绝非同一回事。一个笨手笨脚的成年人会用手持着婴儿，由于两人身体接触面积少得可怜，他很快就会发现，这种抱法对婴儿毫无安抚作用。唯有母亲的胸部、手臂和双手合在一起才能最有效地为婴儿重新创造出它当初在子宫里感受到的那种全身被拥抱的舒适感。”不仅如此，就连大多数母亲（约占80%）总习惯把婴儿抱在左胸前这一事实，也被人类学家解释为重新营造胎儿环境的尝试：母体内的胎儿习惯了心跳的声音。降生到外部陌生世界的婴儿重新找到熟悉的心音会起到抚慰作用。母亲们本能地发现被抱在左侧、贴近心音的婴儿要比抱在右侧更加安宁。有好事者分析了466幅圣母画像，其中373幅是圣母左侧怀抱圣婴。这又是一个压倒多数的例证，可为模拟子宫环境的说法添一分可信性。

以上从人类特有的哺乳期延长现象探讨了产生归根情结的生理—心理基础，有助于理解为何人在大自然万物中表现出返本复始的强化要求。就人类文化的内部差异看，归根情结的强弱程度和作用力度在不同文化中表现悬殊，其原因只能从社会文化的内部形态中去寻找，一般说来，定居的文化形态的出现使这一情结得到大大强化。

在占进化历史99%的狩猎采集时代，人与禽兽相周旋，过着“飞土逐肉”的生活，居无定所，漫游在山林草莽之间，除了时常变换的洞穴之外，尚无家园、故土一类的意识，更不会有落叶归根之类的观念。同样道理，在草原游牧文化中，人的主要食物来源是牛羊等畜养动物，其生活形态自然是逐水草而迁的游动性质，因此归根意识也不会同固定不变的地缘观念互为表里。只有农业这种产食模式的发明把人的生存同土地紧密地联结为一体，发展出定居的文化形态——村落乃至市镇、城邦。这种生产和生活方式的大改变仅用了数千年的时间便将历史推向文明阶段。伴随这一过程，人对土地的生存依赖感不断加剧，地缘意识继血缘意识之后成为制约人的思想和情感反应的重要基点。《汉书·元帝纪》中有诏书云："安土重迁，黎民之性；骨肉相附，人情所愿也。"此话表明，在以农为本的定居社会里，地缘与血缘不仅具有同等的重要性，而且还被错认为人类与生俱来的本性。建立在地缘意识基础上的种种价值观念由此应运而生，如家园之恋、故土之思、邻里乡党、宗庙社稷、籍贯祖坟等等。英文"祖国"（motherland）一词直译即为"母邦土地"，可视为此类地缘归属价值观的一个语言化石。

中国人的恋根癖

华夏文明是世上最具生命力的农业文明。

归根情结在这个文明中得到极为突出的强调和广泛的认同，升华为一种全民公认的哲理，概括成"道"的运动规律，便是《道德经》中"反（返）者道之动"的著名命题。体现在民间俗语中，则有人穷返本、临危叫娘等说法。安居乐业，儿孙满堂，被奉为世俗生活的理想；背井离乡、祖墓荒凉，则被视为人生的大不幸。因而，即使是不得已战死异域，不能活着荣归故里，也要求得个马革裹尸，归而葬之。

《文子·上德篇》："夫道者内视而自反。"旧注："反听内视，自得于身也。"又云："飞鸟反乡，兔走归窟，狐死首丘，寒将得木，各依其所生也。"旧注："物不忘本，人或违道。"这显然是用"道"

的普遍性尺度来衡量人，既然返本复始是大千世界中万物所共同遵循的法则，那么人也就没有理由违反它或抗拒它了。

儒家提倡孝道，崇奉祖宗，当然也包含着不忘本的意向。古代的宗庙社稷之礼，亦为此而设。《礼记·祭义篇》说道：

君子反古复始，不忘其所由生也。是以致其敬发其情，竭力从事以报其亲，不敢弗尽也。是故昔者天子为藉千亩，冕而朱纮，躬秉耒。……以事天地山川、社稷先古。

再从字源上分析，“社”字从示从土，显然是土地神圣化的反映，来源于农耕文化的地母信仰（尽管后世父权文化将地母改成了地公）；“稷”指小米，是华夏文化的发源区黄土地生态中最早培育的农作物。稷非土不生，土无稷种则不育。社和稷的关系原来是母子兼情侣的关系，我们这个重礼教的国度把农耕神话中地母繁殖神和男性植物神生死恋的情节模式抽象为一种宗教政治的概念，让“社稷”同“江山”联为一体，其本来面目就全然被遮蔽了。不过借助于比较神话学的知识，参照巴比伦的易士塔与阿都尼斯故事及西方的维纳斯与阿都尼斯故事，社稷信仰背后的生殖崇拜和阴阳两性观念仍旧可以得到某种复原。

如果说儒家思想的发生同原始的回归信念多少有一定的联系，那么除了返古复始的祖先崇拜与安土重农的社稷崇拜外，更有代表性的实例则是作为群经之首和中国哲学源头的《周易》。

“周易”这个名称本身就有周而复始、循环变易的义涵。六十四卦卦象反映着古人对万物运动变化规律的象征把握。相传这部占卜书的前身名叫《归藏》，取意于万物归藏于大地母亲。《归藏》作为商代旧典虽早已失传，但是这部中华第一经用“归”的概念来命名却是十分耐人寻味的，其中保留着远古农耕社会的核心信仰与观念。《归藏》与《周易》的最大区别就是以坤为首，而不以乾为首。易学家焦竑说：“《归藏》，坤也，商时讲学首重在静。”郝敬的解说是：“《归藏》坤卦，坤为地，百昌归土，曰归藏。”这就明确了万物回归地母的躯体旨在重新藏伏、获得再生的新生命力之意。无怪乎人们要说视死如归，因为按照农业社会的神话信念，人的生命同农作物的生命一样，都是源于土又归于土的。大凡有农耕生产的文化中都会自发产生以土造人的神话，不论所用之土是黄土（女娲）、尘土（上帝），还是黏土、陶土。同这种造人神话相应，人死入土信念支配着埋藏习俗的普遍流行。

由于植物与人的神话类比，死亡并非生命的终结，而是回归土地母亲的子宫获得重新孕育的条件。这样，生死之间的运动构成永恒回归的循环，“生也死之徙，死也生之始”，农耕经验提供的轮回生命观就此成功地解除了死神给人类心理带来的巨大压力。《庄子·田子方》述孔子求教于老子一段，老子说他“游心于物之初”而悟得大道：

生有所乎萌，死有所乎归，始终相反乎无端而莫知乎其所穷。非是也，且孰为之宗！

道家哲学本体论上的复归混沌，历史观上的向小国寡民状态倒退，同个人修炼上的返胎复朴，其实都是表里一致、相互呼应的。后代道教徒所倡导的胎息气功，其基本原理与老庄的复归婴儿说一脉相承，也是要模仿胎儿在母腹中的生存状态。

现代文明中的原始主义

复古的主张与怀旧的情绪，往往出现在社会变革、新旧事物交替的历史阶段。大凡理想破灭、信仰衰微、对现实失望、对未来亦失去美好憧憬的时候，最常发生向后看、从中吸取安慰或希望的情感反应。

有迹象表明，早在从蒙昧向文明过渡之际，就不断引发出厌弃文明进化，要求复归原始淳朴状态的思想倾向。世界历史上第一位政治改革家——4000年前的苏美尔王乌鲁卡基那（Urukagina）所提出的改革口号是amargi，这个词具有双关语义：自由与回归母体。在号称人类第一部史诗的巴比伦作品《吉尔伽美什》中，文明城邦的领袖被刻画为有道德缺陷的暴君，而一位来自山野的原始巨人虽不会说人话、吃人饭，却被表现为正义和情操的化身。这一鲜明的对照先于卢梭3000多年，揭示出文化进化与人性堕落之间的反比关系。

古罗马诗人贺拉斯的《颂诗》第三首写道：

我们父辈的时代不如其祖先的美好，
我们又劣于我们的父辈，
我们的后代又将更加邪恶。

既然历史的展开是以人道沦丧为代价的，那么补救的办法似乎只有一个，那就是让历史倒转回头。文艺复兴的本义便是向后越过中世纪，回复到古典时代的理想；浪漫主义的旗帜上明确写着“回到自然”和“回返中世纪”的口号。20世纪初的德国哲学家斯宾格勒在《西方的没落》中干脆把文明的兴衰比作植物生命的循环。如果借助于道家哲人的教诲，把个人的返胎和历史的轮回视为同构现象，那就不难由此联想到西方贤哲笔下那些渴求回归的呼声。

荣格（Jung）在《力比多的变形》中说，人类最大的愿望就是“让黑暗的死亡之水变成生命之泉，让死亡和它那冰冷的拥抱变成母亲的胸怀，这胸怀如同大海，虽然吞没了太阳，却又在其深处孕育着太阳的新生”。尼采则写道：“无机物便是母亲的胸怀。生命之解脱意味着回归于真实，意味着臻于完美之境。无论什么人都应该明白，复归于无感情的尘土是一种快乐（joy）。”乔叟更将他的祈求放在一个不能解脱而去的老人口中：

叩问大地——我母亲的门槛，

说：“噢，亲爱的妈妈，让我进来吧。”

婴儿诞生于母体，人类诞生于自然。从隐喻的意义看，复归母体和复归自然实质上是殊途同归的。自从19世纪的艺术家高更告别巴黎的都市繁华，自我流放到塔西提岛民的部落中去，文艺界和知识界的原始主义风潮便此起彼伏，有增无减。毕加索从非洲土著面具中汲取灵感，斯特拉文斯基从祭礼演奏中捕捉旋律，乔伊斯和福克纳分别从古典神话和圣经叙事中寻觅模式，马尔克斯则把现实与幻觉、文明与原始融为一体……

工业革命以来，在技术进步和世界市场的强力推动下，文化变迁以前所未有的速度和广度在全球范围展开。与此相对，人口爆炸、资源枯竭、环境污染、物种灭绝等一系列现代化的副作用日益蔓延，对“增长的极限”的忧虑使越来越多的人产生警觉，归真返璞的要求和绿色和平的呼声一样获得空前广泛的共鸣。海德格尔惊呼现代科学技术正把人类从大地上连根拔起。随着全球性的生态意识的大觉醒，浪漫主义“回归自然”的要求业已得到全新阐发。一位人类学家写道：“在正常情况下，生活在自然的栖息之地的野生动物不会发生诸如自杀、手淫、伤害后代、胃溃疡、恋物欲、肥胖症、同性恋或者伤害同类等现象；不消说，在人类的都市居民中，这一切都在发生着。那么，这是不是就显示了人类这种物种和其他动物的根本区别呢？乍一看，似乎是这样，其实却大谬不然。其他动物在某些情况下，即当它们处于一种受监禁的非自然状态时，确实出现以上的现象。关在动物园笼子里的动物，就表现出我们所熟悉的人类的一切异常情况。那么，显然都市并非一座混凝土建筑物的丛林，倒是一所人类动物园了。”

我们无法选择自己的出身和籍贯，但是否把自己有限的生命都关闭在“人类动物园”里，还是值得重新思索和自主选择的吧。高更的举动在19世纪还难以令人理解，被当成疯狂，可是20世纪又已将他奉为逃离人性樊篱的先知先觉者了。

电子时代新的人性

我们的大学是效法西方的教育体制而在近代文化大变革中设立的，大学中所教授的数理化、工医农、生物、经济等几乎都是移植过来的科目，唯人文科学中的文、史、哲与本土科举教育传统有些深厚的联系。20世纪70年代末恢复高考后有幸读大学中文系，亲身体验到文化变迁的巨大历史张力：所学的内容从本土的甲骨刻辞到外域的先锋文艺，几乎涵盖了人类文明史的全程跨度；而教学方式上更是“前古典”式的背诵记忆与后现代式的电化声像并行而不悖。关于前者，老教师们总是语重心长：年轻时背诵古诗文越多，日后受益也就越大。毕业后从事教学与研究，对此确实深有体会，也常在课堂上搬出清儒顾炎武的例子来激励学生：他能将一部《十三经注疏》从头背到尾，也能从尾倒背至头。成语中“倒背如流”一句，真是良有以也。

背诵《古文观止》中《召公谏厉王止谤》，其文气之畅也确有“如流”的体会，虽然还做不到“倒背”。但是对文中所讲的“天子听政，公卿至于列士献诗、瞽献典、史献书、师箴、瞍赋、矇诵、百工谏、庶人传语、近臣尽规、亲戚补察、瞽史教诲……”一段内容总是将信将疑：古代王者真有那么民主吗？朝廷中那一大批太师高参为什么多让瞎子来充任呢？这一疑问10余年来百思不得其解。直到前些年研究《诗经》的文化渊源，才算找到一个答案：瞽、矇等一大批盲人所主管的诗歌音乐等正是上古礼乐文化的核心，并且是早自史前的口传文化中就已确立的权威性传承方式。盲者虽无视觉能力，但听觉和记忆力均远胜常人，他们在那政教未分又无文献记录的时代成为文化遗产的最佳传播者与守护者，乃是理所当然的。希腊第一诗人荷马不就是一位盲人吗？难怪《周礼》一书中列举朝中任职盲官多达600人，我在《诗经的文化阐释》一书中从“诗、史同源与盲官记诵制”的角度去探讨，称之为“瞽矇文化”或“声教文化”，并参照人类学家所说的信息传媒方式的变革所导致的两种文化划分：以口耳之间的听觉传播为主要手段的口头文化和以书面文字为传播手段的印刷文化。早期文明虽已处在口头文化向印刷文化的过渡之中，但与新发明的书面文字根本无缘的盲官传统依然凭借其数以万年的惰性力在官方场合占有重要地位，这正像如今我们已进入了电子时代，但印刷文化的几千年传统惯性仍然在做最后的冲刺，加上市场化的利润导向，闹腾得出版物满天飞，纸价飞涨，读者书人抱怨不已。

从信息传媒的角度将文化的二分法发展为三分法的，是20世纪50年代加拿大学者麦克卢汉（M.Macluhan）的技术决定论。他的口头禅为“媒介即信息”。引申开来说，则为“媒介即人性”，因为三种不同传媒的文化更替确实大大改变了人的本性。口头文化中，最受崇敬的是人的记忆力，巫师萨满等神职领袖常由盲人充当，体现了乐、卜、医等多方面技能合而不分的情形。印刷文化中培养起读书识字的人性教化新方式，阅读、理解、写作和思辨的能力成为人格教养高下的新标准，记忆力虽然还受尊敬，但毕竟已退居次要位置，代之而来的是“读书破万卷，下笔如有神”。电子文化在21世纪以迅雷不及掩耳的速度悄然来临，一个阅读屏幕取代阅读书本的文化范式革命已经成为这一代人有目共睹的事实。电视技术的世界性普及以前所未有的威力挑战着前两个文化时代的一切既定规范和有史以来的人类生活方式；而近年来崛起的计算机技术及多媒体联网更使电视文化如虎添翼般势不可挡。

不管你喜欢也好，讨厌也好，欢迎也好，拒斥也好，屏幕中形形色色的主持人已经成为我们生活中不可或缺的新伙伴，只要打开电视机，总会见到他们向你娓娓而谈……有些敏感的文人惊呼：过去曾有过英雄的时代，秀才和状元的时代，现在我们进入了一个节目主持人的时代。电视不仅肆意摧毁着我们在印刷文化中培养起来的高雅的审美情趣，而且还用无尽重复的广告轰击着我们的视听，用武打片和警匪片中的血腥暴力和警车嘶叫声铸塑着一代青少年的感知方式。套用老子《道德经》上的话，真可说是“五色令人目盲，五音令人耳聋”了。

然而，抛开当事者迷的个人情感因素，把三种文化的依次更替理解为以传媒技术革命为动力的不以人的意志为转移的历史必然进程，有关电子文化重铸人性的问题还有许多有待思考的层面。以信息传播和存储的数量而言，电子文化足以使口头文化和印刷文化的一切成就都相形见绌。电子书刊比印刷文献占有绝对的压倒性优势。一张巴掌大的光盘可以替代整个书房。卫星传送可让地球上任何一个角落的人直观地读到世上所发生的一切大事。美国批评家希利斯·米勒乐观地预言，由于视听技术的飞跃换代，不久我们就会面对着家中的屏幕，能得到类似哈佛大学图书馆那么多的资料，这简直让顾炎武式的“倒背如流”成了雕虫小技。

更加值得称道的是电子文化对人的世界观的改变。人类学家曾指出，原始社会中口耳相传的听觉传播方式与领域狭小的社群组织相适应，而文字发明以来的视觉符号传播方式则与占有广大空间的部落集团或国家相适应。文字本身就曾充当文化大一统的有效工具，想一想罗马帝国时期的拉丁文大普及或秦始皇的“书同文”政策，便会对此有所领悟。从原始步入文明后，人类由于文字符号的分化发展而导致了文化间彼此的隔膜和封闭，诸多文化的和心理的差异亦由此而生。电子文化带来了一种前所未有的国际性视觉图像语言，它根本无视种族、地域、国家、方言的种种界限，大大促进了信息、知识的跨文化分享和全球一体化进程，消解着形形色色的坐井观天式狭隘心态和自我中心主义的错觉，培育着以宽容、平等精神面对异民族异文化的相对主义心态。这对于减少误解、消除隔膜和敌意，增进文化间的交流互补，都有相应的积极作用。印刷文化以来日益加剧的文化分化倾向将得以扭转，随着电视主持人关于“世界真奇妙”的诱导，时空的距离在屏幕上被超越，政治、宗教的壁垒也不能阻挡视觉感知的认同要求，越来越多的人开始意识到并学会容忍和尊重与自己不同的生活方式、风土人情，“地球村”的神话将在“和而不同”的原则下变为现实。

文化变迁既然与人性的变迁相同步，那么，与其抱着过去的人性标准去责难这世界变化快，不如调整自身以便更好地适应由电子文化所开启的新世界。

阅读革命与文化变迁

把阅读这样一种人们司空见惯的活动用长焦距透视法放到人类的进化史上去看，是颇有启迪意义的。

首先可以确认的是，阅读的对象和方式至少经历了两次大变革，称之为阅读革命也不算过分。从南方古猿下地，成为名符其实的两足动物，至今已有300多万年了。而人类真正读“书”的历史却不过5000年而已，可说是长河一瞬间。在此之前人类也有读的行为，只不过读的对象不是有字的人书，而是无字的“天书”——大自然本身。《周易》追述伏羲氏画八卦之前的尝试，叫作“仰观于天，俯察于地，远取诸物，近取诸身”，正是人类读天书时代的真实写照。顾炎武《日知录》卷三十所说“三代以上，人人皆知天文”，也是“人文”未兴之前的实情。

是文字的发明结束了那个漫长无比的阅读天地万物的时代，开启了以人工符号制品——书为对象的第一次阅读革命。对于这次变革所产生的重大意义，人类总是念念不忘，还用从“蒙昧”到“文明”这样强烈对比的词语来纪念它，称颂它，并且奢望能够凭借这些人工刻画的文字符号去征服宇宙，驯化人自身的蛮性。《易·系辞》所说的“观乎人文，以化成天下”，就是这种雄心的直接表现。中国人除了把“文”同“武”相对而言，还把“文”同“野”对立起来，好恶取舍的价值倾向已不言自明。读书识字、知书达理成了理想人格塑造的基础条件。我们只能说“文武双全”或“能文能武”，却不说“武文双全”或“能武能文”，因为二者之间的先后和高下次序已经排定了，再难更改。古典小说中也总是把具有“文韬”的白面书生放置在徒具“武略”的赳赳勇夫之上，像智多星吴用在梁山上的座次就远较李逵、鲁智深靠前，而羽扇纶巾的诸葛亮更绝对地将猛张飞勇关羽之辈驱遣于一掌之上。凡此种种，皆可视为由“文”的发明带来的阅读革命在我们文化传统中激起之深远效应。

然而，正如进化也必然伴随着退化，阅读方式的变革给人类增加了一个符号的世界，它既拓展了精神生存的空间，又阻断了人与自然间的原始亲缘关系，导致感觉的退化和思维的抽象化，引发了认识与情感、理念与想象之间的分裂与对峙。少数敏感的先知先觉者则发出了反抗“文”的统驭，回归自然状态的呼吁。西方文明史上第一位哲学家泰勒斯，虽然生活在阅读革命后的时代，却依然保留着数百万年留传下来的旧阅读习惯：面对茫茫宇宙的注视和思索。相传他总是走路时仰望天宇，所以竟不幸掉进了井里。中国的第一位哲人老子更了不起，他的《道德经》开篇头一句话就告诫人们不要迷信语言文字这些符号性的东西：“道可道，非常道；名可名，非常名。”庄子则号召从符号的囚牢中拯救智慧，宣称“天地与我并生”，“万物与我为一”的归真返璞要求。

于是，“人文”能否“化成”天下被打上问号，对“文”的崇拜与厌弃并行不悖。人们既渴望读书做官，梦想金榜题名，又抱怨“人生识字糊涂始”，讥笑酸秀才，挖苦臭老九。既鼓励囊虫映雪、悬梁刺股，又暴露范进中举后的狂态、孔乙己满口之乎者也的痴呆。几千年来，读书的训练已登峰造极，从学前班到博士毕业需读20余年。相形之下，古人所标榜的十年寒窗苦读，简直就是不学无术了。谁知就在读书日益制度化的今日，阅读方式的又一次革命已经悄悄地逼近了，那就是从读书本到读屏幕的电子时代的君临。它又将给我们的生存带来怎样的变动呢？

1995年在台北“中央图书馆”观看了该馆与“中研院”联合开发的《二十五史全文检索系统》，自1985年起历经七年，将中华书局校点本二十五史全文输入电脑，可从浩如烟海的史料中迅速调出所需的主题词。如查找魏晋时期有关屯田制的资料，只需键入关键词“屯”“屯田”“农官”，6秒钟内从《三国志》《晋书》中找到806段资料，词目1061个。再如，你想从二十五史中纵横几千年地查找有关气象方面“风”的资料，排除与气象无关的“风”，那么你只需在键入关键词“风”时做一些必要的限制，6秒之后，电脑就会在通读和自动筛选后为你找到10968段相关资料，14918个词目。这小小的电子屏幕好像神话中的魔镜，瞬间准确无误地完成了昔日学者半世甚至一生才能完成的工作量。过去那些自幼诵经，能够将经史子集倒背如流的学问大师反倒是小巫见大巫了。这不能不令人想起海德格尔说过的话，“技术把人从地球上连根拔起”……

5000年文明史培育而成的阅读方式，因为电子时代的加速来临而受到根本的动摇，与阅读密切相关的传统教育、通信、情报、娱乐的形式也都面对着革命性的变革。尽管对于此一变革的利弊如何还存在激烈的争论，但这一过程本身却伴随着计算机技术的更新换代而迅猛地展开，不以人的意志为转移地向全世界蔓延。

仅从信息的获取和加工来看，新问世的电子书刊比传统印刷品占有绝对的压倒性优势。一张DVD光盘可以替代一整架的书。包括看电视电影在内，人们阅读屏幕的时间正以惊人的速度侵占和取代着阅读印刷品的时间。软件的开发和国际性联网的实现，将使信息的迅捷传播和跨文化共享不再是梦幻。

“读”的概念也在改变，线性的（linear）阅读习惯被打破，出现了枝节的（nodal）或组块的阅读形式；单纯的读也变成了可随意增删或复制的“读”（电脑中“读文件”的命令就包含着穿插拷贝的意思）；读的对象亦从文字文本扩大到图像和听觉文本（所谓多媒体功能）。美国著名批评家米勒乐观地说：“现在电脑变得愈来愈小。不久我们就会手中捧着一本书般大小的东西，却能得到类似哈佛大学图书馆那么多的资料。”电脑阅读似乎成了科学促进民主的实例。“信息高速公路”的开通，有助于推动知识资料面前人人平等的局面。偏远地区的小学校也将同名牌大学一样接通巨大的图书资源……

反对的意见则认为，不能把兑现民主的希望寄托到电脑技术这张牌上。当前知识产权看涨，不要说信息高速公路，就是在一般的高速公路上开通个入口也要数以百万计的入网费呢。再说美国的电脑巨商毕竟不是慈善家，目前通行全球的美式Dos和Windows软件不只是巨额利润的来源，而且也是后冷战时代向第三世界拓展文化殖民主义霸权的有效手段。我们勒紧裤腰带去和人家联网，岂不正中其下怀，成了自投“罗网”吗？

看来随着二次阅读革命而产生的文化问题远比技术本身的问题要复杂和棘手，它带给我们的不只是一片光明。

下篇

“三重证据法”阅读笔记

"国学"与人类学

文史之学是我们中国几千年学术传统中的"正宗"或"强项"（相对于西方的自然科学而言）。可是我们的人文学术传统在近代以来屡屡发生危机，从晚清到"五四"再到今日已有几个回合。原因则是这种人文学术传统在受到西方学术文化的冲击时而必然有的反应、改变和调整。我个人不大赞同"国学"这一提法，总觉得那是在外来冲击下一种自卫式的姿态。回想一下"五四"时期大倡"国粹""国学"以对抗西学的种种现象，便可明白这一点。远的不说，就从秦始皇建立大一统的国家算起，"国"的历史已有2000多年，可是为什么"国学"和"国粹"的叫法只是近100年来才流行起来呢？这只有从中外文化的空前大碰撞、大交流中去求得解释，这些名目背后的民族主义或本土主义情结十分复杂，用文化人类学的"文化变迁"理论去分析会理解得透一些。

文化人类学是19世纪末发展起来的新兴学科，近100年来可谓突飞猛进，对传统学科的影响和渗透十分强烈。这一点仅从其核心概念"文化"如何普遍为研究文、史、哲的学人所接受，就可略见一斑。"文化”是一个高度整合性的概念，它是在世界性视野的背景上逐渐成熟起来的。因此有人把文化人类学又称为“比较文化”，可见没有文化间的比较，就没有这门学科。“国学”的悠久历史恰恰缺少这种跨文化的比较，一旦引入这种宏观的比较视野，过去难以理解的东西很可能会豁然明朗起来。正是在这一意义上，才有所谓“文化破译”或“现代阐释”的空间和效应。

近一个世纪以来的学术发展表明，存在着一种中西对话与会通的趋势。

从文化人类学对文学研究的影响着眼，比较作为加强文化交往与文化沟通的有效途径，作为克服民族中心主义心理障碍，确立文化相对论平等对话观的有益工具，已日益变得明确和必要。随着后殖民时代的真正多元对话的展开，文学研究本身获得了发掘文学艺术的人类学价值，促进人类文学经验的会通和重新整合的重大使命。而文学经验的世界性整合将成为先期破除国族的和地域的疆界，培养具有世界主义人文素质的新时代国际公民的最佳教育手段。

在理论探讨的话语建构方面，我主张本土话语与外来话语的对译、互动和再阐释。并把未来的世界话语的形成视为绝对的目标，而把本土话语的封闭自足视为相对的历史遗留现象，并力求析解纯粹本土话语神话背后的狭隘偏见和民族自大心态。

跨文化阐释的名与实

文化热的潮起潮落，从“五四”以来已经历了好几个回合。从学术研究的立场上说，“热”往往是由学术以外的原因引发出来的，因而甚至可以说是学术发展中的不正常现象。它的积极作用在于把对文化问题的兴趣推广到大众中去，它的消极作用则是使文化研究庸俗化，沦为某种非学术的文化清谈。我和萧兵教授、王建辉编审共同主持的《中国文化的人类学破译》这套系列丛书并不想赶时髦凑“热”闹，只是有意实践一种纯学术的现代研究方法和思路。为了与架空高论式的清谈学风划清界限，我们一开始就要求自己把中国传统文化的把握落实到具体的经典作品上，因而选择了《诗经》《楚辞》《老子》《庄子》《说文解字》这样一些传世典籍作为剖析文化源流的直接对象，期望能将传统的乾嘉学派式的微观考据方法改造为具有当代特性的跨文化阐释方法。

我们决定编撰这套丛书是在1991年。那年4月我和萧兵先生应邀在东南大学讲学，他的90万言大著《楚辞的文化破译》正在看校样，当时我谈起对《诗经》研究的心得。我们对上古文化的共同兴趣，引发了联合起来搞一系列专题著作的想法。随后我们去信给湖北人民出版社的王建辉先生，即刻得到十分热烈的赞同和响应，便在正在印刷中的《楚辞的文化破译》封套上加上“中国文化的人类学破译之一”的字样，那时柯云路先生的“破译”一书尚未问世，我手头正在写《高唐神女与维纳斯——中西文化中的爱与美主题》一书，直到1992年11月才完成《〈诗经〉的文化阐释》的写作。同年岁末我们相约去湛江、海南考察。在武汉碰面时发现大小书店乃至街头巷尾的地摊上都可见到柯云路先生以“破译”为名的两册厚书。当时我曾打趣地对萧先生说：您的《楚辞的文化破译》（1991年11月版）只印1500册，而柯先生的《人类神秘现象的破译》已印至15万册，差了100倍呀！日后我们的“破译系列”相继而出，岂不是“鸡口”当不成反成了“牛后”？再说“破译”这样的名称虽有耸人视听之效，有利于征订发行，但对于学界来说毕竟有些刺耳，好像别人读不懂的千古密码一下子被你一人猜破似的，出于这种考虑，我提出丛书以后各册不再用“破译”之名。

就我个人感觉来说，“破译”这样的叫法确实有点吓人，会让人觉得是某种江湖秘术。就思路和方法而言，柯先生大体上是以中国气功真谛为“密码本”，据此去“破译”中国的和外国的种种神秘文化现象，这可以说是一种从本土到人类、从个别到一般的路子。我们的研究思路恰与此相反，是从人类学的一般性通则出发去阐释我们华夏文化的个别问题和单个典籍文本。我们所称的“人类学”是“文化人类学”的简称，其基本方法可称为“跨文化研究法”（cross-culture study），所以有些西方学者干脆把文化人类学叫作“比较文化”（comparative culture）。本来局限在单一文化传统中的现象，往往不能从理性上加以把握，千百年来被当成“熟知”的东西而不再深究。一旦用跨越民族、国界的人类学眼光去观照，有时确可收到豁然开朗的效果，这种情形叫文化破译或跨文化阐释其实都可以，只不过后者更正规一些，并可同国际惯例的“阐释学”（Hermeneutics）相对接。

文化研究的这种超学科与超国界的视野应当说是伴随着人类学的崛起而产生的重要学术转型现象，它必然要对研究者的素质、知识结构和思维方式提出新的要求。我们这一代生不逢时的学人在学龄期遭逢十年浩劫，本不知“国学”“西学”为何物。读大学后如饥似渴，但总感到先天缺氧，又对苏联庸俗社会学那套东西产生反感，不知不觉地转向当代国外人文科学去寻找启迪。借当今流行的词语说，就是朦胧中寻求某种治学方法上的“国际惯例”。我在20世纪80年代中期从事翻译引进西方20世纪文艺学理论方法的动机大致如此。后来看到有一大批青年学人热衷于此，其末流则数典忘祖、食洋不化，造成新的装腔作势的空洞浮夸学风；此外也由于译校工作不大适合我的性情——必须把全部注意力集中到字句的准确性方面，十分不利于发挥创造性思考，所以自1987年便转而尝试“西学中用”，把跨文化的人类学视野和阐释方法落实到中国材料上去。这样一来，我发现中国的材料好像都是尚未经开采的矿石，值得重新观照和理解的东西太多了，于是便被深深地吸引住了。

国学即中国传统学问，博大精深，其中的每一领域乃至每个角落都会让人感到深奥莫测。清儒的考据和解经之学更让后学者叹为观止。但不管怎么说，闭关自守2000年的国学就其视野、方法而言也确实难以为继，需要加以全面的调整和改造，以适应现代国际化学术发展的时代趋势。如何把以考据为核心的国学方法引向足以同国际学术相对话相对接的层次，这是我近年来一直在尝试探索的大课题。我深深感到，亦步亦趋地跟着清人走旧式的考据、辞章、义理的治学之路是行不通的；只满足于介绍、评述西学的理论方法也易于流于空疏无根。所以较明智的选择只有力图打通中西界限，用文化人类学去改造国学，提倡一种“世界眼光”的中国学问。[1]不过这不是一个纯理论的问题，必须诉诸研究实际。我们有点狂妄之心，想借助于《诗》《骚》《老子》《庄子》《尚书》《左传》《山海经》《说文》《尔雅》《释名》等一批最具文化蕴含的上古经典的逐个阐释，来体现和贯彻融通中西学术的构想。这是一项很艰巨又很有意义的工程，我们希望能有更多的同道，共同完成这个事业。

[1] 参看本书代序《“世界眼光”与“中国学问”》，原载《文艺争鸣》1992 年第 5 期。

“三重证据法”与人类学

古语云：“泰山不让土壤，方能成其高；江海不拒细流，方能成其大。”当我们面对楚辞研究史上篇幅最宏大的研究专著之一——《楚辞的文化破译》（以下简称《破译》）时，首先感到的便是一种虚怀若谷、博采兼收的学术风范。作者萧兵教授任教于一个尚未通火车的苏北小城淮阴，却连续推出足以使学界刮目相看的楚辞研究系列著述。其涉猎之广博，引证之丰富，大有网罗百家、雄视寰宇的气魄。这一事实本身似乎已够得上是一桩奇迹。

中国学术自古以来就形成了一大弊端：门户主义。自春秋、战国时期便可看到儒道墨法诸派之间的相互攻击指责。每一派的徒子徒孙们总是以本宗师祖的卫道者自居。曹丕所说的家有敝帚而享之千金，很能说明这种门户主义的狭隘心态。这种门户之争的习风至今余波未平。这样一种学术上的门户主义最容易导致作茧自缚的偏见和唯我独尊的自大狂意识，其限制学人眼界和思路的副作用是显而易见的。

萧兵先生曾概括他的治学之路为“三十年自学生涯”[1]。这种途径的不利因素毋庸赘言：没有名师传授和提携，难免要走些弯路并付出加倍的辛劳。不过它的有利之处却是先天地避免了门户主义的亲代遗传，让研究者从一开始就养成一种兼收并蓄式的治学态度。在《破译》这部洋洋90万言的大书里，最突出地表现了作者的这种胸怀、这种态度。就方法论而言，最古的文字音韵考据法，最摩登的电子计算机方法，同样都在作者的视野之内，这正是他敢于提出“文化破译”这一项大工程的前提吧。

可以说，门户之见的破除为作者破译工程的成功奠定了基础。从书中所引用的材料看，不只是国内外名家，就连一些在楚辞学和神话学界初露头角的青年学人的成果及所尝试的各种探索角度与方法都在作者学习借鉴的范围之内。这样做的结果是有效地保证了其学术生命的旺盛。作者虽已年近六旬，但其下笔自如、思路通达、创见迭出，著述风格和情趣都更接近新一代年轻人。这对于一些年纪未老而悟性先衰的默守门派清规的学者，未尝不是一个有益的启迪。

当然，治学态度上的广收博采绝不是为了陈列现代楚辞学的各方面成绩，使本书成为一种论点汇编，而是通过广泛吸收融合所要达到的角度和方法的新境界，用书中的用语来说，叫作“民俗神话学”。这是他多年来尝试的，旨在使“楚辞学更新”的一种综合研究法。

然而令人遗憾的是，民俗神话学作为楚辞乃至整个古代文史研究的一种方法却并未得到学界的普遍重视。究其原因，似乎主要在于囿于

[1] 萧兵：《三十年自学生涯》，《文史哲》1986年第2期。

“家法”的国学传统尚不能容忍这种非正统的、非学院派的“杂家”思路，甚至还会讥之为“野路子”或“乱来”。其实这也没什么奇怪的。当年王国维先生借助于甲骨文的发现和译读，倡导古史研究的“二重证据法”时，不也遭到一些怀疑、冷遇乃至抵制吗？就连清末最后一位通儒章太炎先生不也曾恪守传统小学之“家规”，对地下新挖出的卜辞材料持保留态度吗？

王氏的第二重证据比考据学单纯的文献训诂之路显得更为确实，也更具“科学性”，后来对于古史（尤其是殷商史）研究方法的拓展起到了革命性的作用。不过，地下出土的殷墟甲骨毕竟是十分有限的，其证史作用也主要集中在周代以前。对于周代以后的文献典籍的研究，还能不能找到一种行之有效的第三重证据，从而使日趋僵固的传统考据之学获得更新呢？王国维以后的一代学人在这方面做出了大胆而空前的尝试：郭沫若从婚姻进化史角度阐释甲骨文；闻一多从神话、民俗学角度求解《诗经》《楚辞》之难题；李玄伯、卫聚贤从图腾理论入手重述古帝王系谱；凌纯声从民族学旁证出发破解古代礼制风俗；郑振铎借人类学视野透析汤祷传说……凡此种种，都为现代国学方法的变革提供了宝贵的经验。可惜此种探索未能继承下去，以上的探索者们也未能从方法论上进行理论总结，更无人自觉地打出“三重证据法”的旗号，遂使这笔学术遗产陷于自生自灭的境遇中，未能像二重证据法那样获得学界的最终认可，形成大气候。

萧兵先生自述他20岁左右受闻一多大著启发而步入上古文化领域，这就显示了他的民俗神话学方法的重要渊源。从书中对《楚辞》几大难点的宏观把握与微观解析上看，可以说作者正是现代学术史上“三重证据法”的自觉继承人和发扬光大者。比如从上古四大集群的文化背景和环太平洋文化圈的广阔视野上审视《楚辞》的因子构成；从太平洋文化的太阳神话系统着眼破译《离骚》的密码和结构、母题；从高禖礼俗出发研究作为祈丰求雨的祭典乐歌的《九歌》深层意蕴；从神秘的入社考试入手追索民间问答体诗歌的生成，进而揭示《天问》主题的由来；根据中国特有的魂魄二分观念考察作为祝咒与招魂词的潜文学。所有这些使人耳目一新的切入角度无不昭示着民俗神话学方法的独特优势，同时也表明了第三重证据就是以民俗、神话旁证材料为主的综合性求证法。它首先要求研究者彻底摒除狭隘的门户之见和画地为牢的学科界域！

探索者们常有这样的经验：当你为着一个目标而深入钻研时，往往顾不上对自己的手段做理论上的反思和归纳。即使偶有涉及，也总是在两个战役的短暂间歇。这样，萧兵先生在阐述自己的研究方法方面，难免也会有措辞上的草率和前后矛盾之处。尽管他多年的研究始终坚持着同一个方法论原则，但其在语词表述上有时叫“新文化史”学派，有时叫“新考据学”或“考释学”“新考释学”[1]，有时叫“新还原论”“民俗神话学”[2]或“微观分析—综合证据—整体比较”法。这种术语的不统一说明了这样一个事实：作者在研究实践上继承现代学者们的三重证据法已经开辟出自成一家的新格局，但在理论总结方面尚不够成熟，未能定于一格。在不同场合的不同表述反而会使人产生迷惑，削弱了这种方法论应有的“名正言顺”之效力。为此笔者曾建议用“人类学”这个术语去代替诸多的“新”

[1] 参看萧兵：《新考释学：传统考据学发展之尝试》，《活页文史丛刊》1990年卷，中州古籍出版社1990年版代前言。

[2] 萧兵：《新还原论》，《黑马：中国民俗神话学文集》代序，台湾时报文化出版公司1991年版。

学之名，求得概念和规范上的理论统一性。理由是：属于第三重证据的多重角度如考古学、民族学、民俗学、神话学和比较宗教学等，就其严格的学科划分而言，均可视为文化人类学的系属和分支；借人类学之名与传统考据学结缘，不用标“新”而新意自现，又能统合包容多重求证的各种途径于一身，或许是一个较好的选择吧？

《破译》这部1200多页的厚书最后一节题为“新方法：楚辞学的曙光”，充分体现着作者在方法论上不断进行自我超越的可贵努力，这已预示着他的学术生命将与时更新，永远年轻。尤其值得后辈学人深思的是，当此世纪之交、学风递变、新方法的争论冷却之后，文史研究应向什么方向发展的历史课题日益明确地摆在每一个研究者的面前。

从伴随着甲骨文的发现而诞生的“二重证据法”到受西学启示而逐渐形成的“三（多）重证据”的立体作战，似乎可以从一个侧面窥测到国学研究方法演进的大致趋向。在此需要特别强调的一点是，无论是第二重证据还是第三重证据，都只能辅助和补充第一重证据，而不能吞并或取代之。这也许正是萧兵先生一方面如饥似渴地吸收新方法，另一方面又始终以乾嘉传人自居的根本原因吧。这一点，对于一味热衷于西方新方法，而忘记了国学基本功训练的后学青年们来说，或许是最值得认真考虑的。

“破译”这个标题确实有些“吓人”的效应，但它不是出自即兴的发想，而是数十年脚踏实地的刻苦钻研之结晶。破译固然离不开敏捷的思路和过人的悟性，但它也是三重证据法经历了两代学者的不懈努力之后，在当今学界所结出的丰硕果实。它在方法论上给人们留下了重要的启迪。

语言与文化

语言与文化的关系问题是20世纪人文研究成就卓著、颇堪称道的一个方面。传统语文学和解经学的樊篱被打破，语言文字作为文化精神载体的功用得到前所未有的重视。语言学家说：“语言忠实反映了一个民族的全部历史、文化，忠实反映了它的各种游戏和娱乐，各种信仰和偏见，这一点现在是十分清楚了。”[1]而人类学家尚不满意此种“反映”语言观，他们更进而提出，语言本身是文化的构成要素，它模塑特定文化中人的认知方式和感觉方式，并铸就其世界观和精神空间。这样一来，语言从“反映”文化的被动“工具”升格为塑造文化的主动“模具”。过去认为是可有可无的“言筌”，而今转化为文化意义和价值的永恒守护者和最佳见证人了。于是乎，语言终于把作为符号动物的人和作为文化动物的人重新统一起来，为人文学者超越文、史、哲的人为界线，从新的整合视界上开拓文化研究提供了最佳切入点。

[1] 帕墨尔：《语言学概论》，李荣等译，商务印书馆1983年版，第139页。

美国人类学家多若塞·李（Dorothy Lee）便是从语言着手透析文化特质的早期典范。他在新几内亚以外的特罗布里安德岛民社会（正是马林诺夫斯基的作业基地）做田野调查时发现，当地语言根本缺乏构成英语和西方语言基本特征的那种线性关系（lineality），既没有时态划分，也没有循序展开的语词秩序，甚至当地人对事件的陈述也不遵循西方人以为“自然而然”的历时顺序。岛民们生活在一个全然不同的“语言世界”中，他们借以对现实进行编码的语言之特征铸就了其文化特征。多若塞·李的研究报告《线性与非线性的现实编码》不仅给沃尔夫假说提供了新证，也成为文化人类学读本常用的名篇，昭示后人如何从语言的维度切入文化的内核[1]。美国人类学家康克林在菲律宾的哈努诺族进行调研的学位论文《哈努诺文化和植物世界的关系》则从同一切入角度得出另外一种语言民族志学的启示：与世隔绝的极少数人使用的语言可能在把握现实的某个方面比自以为发达的西方文明的任何一种语言都要丰富和深刻。哈努诺语言中用于描述植物各种部位和特性的用语多达150种，而植物分类的单位更有1800个之多，比西方现代植物学的分类还多出500项。这充分表明该族文化特有的知识体系中植物占有怎样突出的位置。认知人类学由此而引发出的方法论原则是：了解一个文化最有效的分析工具不是人类学家从该文化外部获取的范畴和理论模式，而是从该文化内部去发现的作为知识体系和分类编码之载体的词汇素。不过，这一任务通常不是由本土学者所能完成的，原因在于他们的视野局限在本民族的语言文化之内，缺乏通观和比较的理论背景。借用歌德

[1] 麦克迪（David W.McCurdy）等编：《文化人类学问题选读》，小布朗公司1979年版，第67—77页。

的一句警语说："只懂得一种语言的人，其实什么语言也不懂。"用中国的古话说，也就是"只缘身在此山中"了。若不是西风东渐给马建忠提供了西洋语法的参照系，中国第一部语法著作还不知要推迟到什么时日才得问世，或许讲汉语的人会永久滞留在知"文"而不知"法"的自得其乐的境地。

时下国内文化热方兴未艾，语言研究者如何能够"入乎其内"又"出乎其外"，成了借助语言而透视文化底蕴的双重条件，缺一不可。不然的话，要么就是因进入不到符号的内层而隔膜、空疏，放言高论，不着边际，虚飘无根——这种学风正有愈演愈烈之势；要么就是就语言论语言，就文字论文字，虽寻章摘句，"无一字无出处"，却进得去出不来，钻牛角弃牛身，雕虫而忘龙，见木不见林，终究是"难识庐山真面目"。

酒文化与“久文化”

中国人讲的“文化”“文明”“文教”“人文”等概念其实都是从一个关键的元概念“文”派生出来的。文者，文字是也，有文字则可曰“化”，曰“明”。看看传说中讲仓颉造字时竟会有“天雨粟、鬼夜哭”的奇迹发生，就可知文字的发生在古人心目中是何等重要的伟大事变，几乎等于开天辟地以来以人为主角的又一次创世纪了！《易·系辞》所讲“人文化成”之理，良有以也。只可惜国学自身的封闭格局不能自发产生出由文化而观文字的理论条件，所以由许慎之《说文》到清儒说文学300家，虽堪称盛极一时，但“小学”终究只是“小学”而已。

解构派思想家德里达批判西方文明的“语音中心主义”传统，在以索绪尔语言学为基础的符号学之外另辟“文字学”（grammatology）一途，强调文字对于写作和思想的重要性反在言语之上，尤其看中汉语文字因象示义的象形特征，希望能借“超出西方界线之外的文字之历史和系统”来消解自柏拉图到黑格尔的logos中心的封闭状态[1]。然而，限于语言文字的障碍，西方的哲学家和文化人类学家虽然已经意识到汉字作为世界上最具生命活力的象形文字体系所包蕴的重要认识价值和文化价值，却只能停留在临渊羡鱼的望字兴叹状态，难以真正进入中国人的“文”的世界[2]。这一重任自然留给了在西学启迪之下先觉的中国学人自己。

臧克和的《说文解字的文化说解》（以下简称《说解》）自觉借鉴人类学视野，把小学史上最具权威的字典当作上古文化的百科全书来看，其立意之高远，超迈前贤之气魄，已可知矣。这一代人在古汉语课堂上所学的《说文》总不免艰涩、枯燥之感，而在臧氏“说解”之下，似乎有了一位汉语文字学的文化导游，将我们引入《说文》那九曲十八弯的迷宫胜境，虽眼花缭乱却不至迷失，进而透过形、音、义的复杂体系而窥见上古社会生活的多彩画面，乃至古人情感和思维的微妙纽结、精神空间的生命法则。汉字经过此番说解，居然从僵死的横竖笔画变成启人心智的直观教材了。

例如，中华传统中有敬老尊长的风习，又有崇酒好饮的古俗，表面看来，二者似风马牛不相及。《说解》中“酒神意象”一节，先将《说文》中从酉取类的80余字做整体观照，析解出这一字群所指涉的“语义场”四方面：

关于酒类酿造的词语；

[1] 参看德里达与克里斯特娃的对话录：《符号学与文字学》，余碧平译，《哲学译丛》1992 年第 1 期。
[2] 参看拙作：《原型与汉字》，《北京大学学报》1995 年第 2 期。

关于酒类品性的词语；

关于饮酒礼仪的词语；

关于以酒祭祀的词语。

然后分别说解酒与酉、酋、尊、醾、奠、醮、醫等字的同源取象及意义关联，以及酒与有、久的语音关联。“要知道，在作工原始的农业文明社会里，这陈年老酒既然凝结了积久的‘社会必要劳动时间’，该具有了何等尊贵的价值，故非尊贵者不得享用。”[1]再联系商代出土的巨型青铜酒器——尊，说明其尊重、尊老的语义如何由酒文化所泡制而成：

其实，若指象推原，“酒”字所指，本有“久老”、“成熟”等语义；而作“久熟”之义的“酉”字，又何尝不可构成“酋长”一语呢？

从《说文》提供的“语义场”可以发现，中国古代“酒”意象所隐括的文化内涵大要有“充盈成熟”和“崇老尚久”两端：前者指向程度，后者指向时间，是一是二[2]。

如此环环相扣、由表及里的剖析，不仅使我们从老字典中看到一部酒文化史的大体轮廓和方方面面，而且分明体悟到酒以陈久为佳的物质社会经验到人以老为尊的价值观念的衍生过程，可谓一箭双雕，龙虫并获，由“文”的层面而进入了“心”的内核。如此文化说解，叫人不得

[1]《说解》，第267页。

[2]《说解》，第268页。

不信服。若再联想到“姜是老的辣”“老将出马，一个顶俩”之类民俗语言现象，参证作者论及的中国艺术追求“老更成”“老拙”“醇厚”之味，中国学问讲究“厚积薄发”的经久功夫，购物迷信“老字号”，魅力之“魅”原指“老物精”[1]的信仰，等等，确实可由“酒文化”读解出“久文化”。难怪今日少壮富豪以饮XO、人头马为荣耀的同时，我们的茅台、老窖却仍然在世界上风光依旧。以陈久为尺度，孰优孰劣可不言自明矣。汤因比对照了全球有史以来的26种文明，最终下结论说唯有一个生命力最持久的文明足以引导人类在未来世纪中的精神统一[2]。这个文明不是别的，就是从3700年前就用青铜大尊储酿陈年老酒的那个。

[1]《说文·鬼部》。

[2] 参看《展望二十一世纪》，第295页。

由大观小的会通之法

从方法上看，《说文解字的文化说解》（以下简称《说解》）的作者所以能在咬文嚼字之中呈现文化的洞见，实得力于“会通”之法。倘若只是逐个地去看《说文》中的近万个汉字，那便是一大片散漫之珠，零落而无体统，但是如果“观其会通”，则可能把这许多单字视为一个具有内在联系的有机整体，“就会建构中国上古三代以来的文化观念系统。而且，较之其他传世文献的记录，来得更为纯粹、著明”[1]。

至于如何“观其会通”，作者依据汉字“取象构形”的特征，借鉴人类学的理论与材料，试图把握古人比类取象的思维规则，重构象与象之间潜藏的神话的、信仰的和观念的联系，相对还原出文字背后的心理经验与想象逻辑。书中五大部分，前两部分便具有方法论通说的性质，探索《说文》取类方法和释文方法所包蕴的思维模式，却又处处落实在字词本身的关联域上，绝不给人以架空立论之嫌。如探讨“艸”部取

[1]《说解》卷首说明。

类时揭示的“佳人”与“卉木”隐喻关联，一连通解出“媆/葚”“妗/苓”“婕、倢/蓮”“妍/枅”“娒/每”“媱/榣”等一系列对应义项，实际上等于为中国文学中的香草美人原型传统找到了符号发生学的基础。

书中后三部分作为“说解”的主体，展开了以意象为单位的“知识考古学”的研究，分别透过《说文》中的16大类意象系统考索宗教、礼俗、法制、道德修养、科技、女性、文艺、饮食和神话传说等方面的内容，充分显示出文化“通观”法的整合之效。如在“仓颉意象”和“夸父意象”两节中，作者经过归纳比较，揭示出传说人物命名的规则：仓颉乃“书契”之语转[1]，夸父便是“规矩”[2]，终葵即“锥”字之切音[3]，“如同作弓之‘羿’，作壶之‘昆吾’、作八卦之‘伏牺’，原是一类‘集合概念’。即此‘人’之得名，其原在于古人所创发之事物，后人便将一切有关功能意义皆并到此‘人’头上。”[4]作者还借用人类学家所说的“集体表象”之理来说明此种归类认同的命名方式，虽不免有“英雄史观”之嫌，但还是具有启人深思的力度。书中像这样的洞烛幽微之处还有很多，如从涤罪仪式角度考察“修”字名原，由修祓到修身，再到“洗心”、修德的演变轨迹[5]；从“分”字中寻绎出情感表达之辩证法[6]；“化”字中体现的思辨智慧[7]；关于“死生”同根、“终始”一源的观念背景[8]；关于“人鬼同体、神怪一源”的信仰依据[9]，关于“女部”250字所透露出的婚恋、

[1]《说解》，第111页。
[2]《说解》，第369页。
[3]《说解》，第370页引黄生说。
[4]《说解》，第107页。
[5]《说解》，第120页。
[6]《说解》，第273页。
[7]《说解》，第276页。
[8]《说解》，第282页。
[9]《说解》，第346页。

生育、礼规和禁忌等四大方面的语义场及褒贬互见的价值取向[1]，等等，相信都会给有心的读者“以大观小”的充分实例。

若要为《说解》一书所力倡的“会通”阐释法寻根溯源，那么首先可获确认的当是作者心仪多年的“钱学”。如徐复先生《序》中所揭明，作者一方面“步趋钱氏，学而不厌”，另一方面又“多蒙钱钟书先生培植，学以日进”。在《汉语文字与审美心理》中，他曾专门研究了钱钟书“以类评文”的方式和语言、思维、哲理贯通解释的风范；在《钱钟书与中国文化精神》（百花洲文艺出版社 1993 年版）中，又以三章的篇幅详论钱钟书先生治学的“打通”原则：一曰汉语文字可得打通中国学术思想；二曰南学北学的地域之打通；三曰义理、辞章、考据的打通。受此熏陶，臧克和虽多年专攻古文字训诂之学，却较少受到这一领域内较为常见的家法和门户之见的拘限，默默地尝试以跨文化和跨学科为特色的中西与古今的学术对话。由西学的立场看，《说解》所运用的会通阐释法与文化人类学亦有直接的因缘。这不光体现在书中多次引用弗雷泽、博厄斯、卡西尔、波兰尼、列维－斯特劳斯、弗洛伊德、马林诺夫斯基、列维－布留尔、瓦西里耶夫等人的著述和观点，更体现在作者将这些来自外域的理论见解自觉地用作改造更新传统考据模式的“第三重证据”[2]，作为由大观小的宏观背景和演绎依据。这样的大胆尝试，或许正是代表着本土学术传统与国际学术相沟通和交互作用的发展大势。

[1]《说解》，第 125—142 页。

[2] 参看拙作：《人类学三重证据法与考据学的更新》，《新华文摘》1994 年第 4 期。

尝试与提高

一个时代有一个时代的学术。我们这个时代的人文学研究会向何种方向发展，这并不是大家都已达成默契和共识的。臧克和正在摸索他所期望的路子，而且已经取得了可喜的成就。出于更高的期望，也出于对“国学”前景之关注，笔者不揣浅陋，对《说文解字的文化说解》（以下简称《说解》）提出点滴意见，求正于作者及读者方家。

第一，作者汲取西学理论与方法去改造小学的初衷及成绩，是值得肯定的。但是从知识结构上看，人类学、考古学和民俗学方面的积累显然远不如国学方面那样扎实、坚厚。如能在掌握前人研究成果和占有多方面资料的广度上再进一步，《说解》当会更加精彩纷呈。在说文学方面，像丁福保氏集大成的《说文解字诂林》和近年新出的力作《说文中之古文考》（商承祚）、《说文笺识四种》（黄侃）、《说文解字约注》（张舜徽）、《许慎与说文解字》（姚孝遂）等尚未进入作者广收博采的范围；如讨论社的源流，对兑之、陈梦家、凌纯声等前辈的已有成果关注不够，可谓美中不足。又如，书中讨论“大羊意象”一节，针对《说文·羊部》所录34文，上推甲骨文，下考史乘，几乎勾勒出一部羊文化史的轮廓。不过在利用考古文献说明六畜之起源时，仅据瓦西里耶夫一家之说就认定羊、犬之驯养较其他畜类为早[1]，未免草率。近年考古学发掘表明，我国新石器时代文化遗址中普遍出现家养动物的遗骨。从年代顺序看，最早普遍饲养的是猪，大约同时或稍后有犬和鸡，再晚些有黄牛、水牛，最后才是马和羊。大体而言，猪、犬、鸡三畜是8000至7400年前的北方新石器遗存中就有的，如新郑裴李岗文化和武安磁山文化。长江流域最早出现的家畜也是猪，如浙江吴兴邱城遗址和河姆渡遗址甚至都有人工制造的陶猪出土。到了5000至4300年前的龙山文化期，马、牛和羊才相继作为家畜出现[2]。作者为了呼应瓦西里耶夫羊为六畜之先的观点，举出甲骨文中“养”字字根为羊作为旁证，却忽略了古文字中一大批渊源更久的“大猪意象”和“大牛意象”。如言畜之性别的牝牡皆从牛，言人畜合室的家字、言人畜阉割的豖字皆从豕，等等。古语习惯说“磨刀霍霍向猪羊”，今语仍说“牛羊肉”，均暗示着羊在猪、牛之后的既定秩序？于此可知，语言文字的文化研究如何处理好文献的、地下发掘的和民俗的、域外的三重证据之间的平衡关系，是值得进一步深思权衡的关键问题，也为新一代国学研究提出了更高的要求。

第二，如何将西学的理论思辨特点注入小学之中，使文字阐释更具有文化阐释的深度和整合力量，当是《说解》修订时可考虑的问题。作者在这方面已做出超迈前人的努力，但毕竟还只是初步尝试，有待于完善和提高处自然难免。例如全书的总体构思上，还可加强理论贯穿和

[1]《说解》，第212页。
[2]参看中国社科院考古研究所编：《新中国的考古发现和研究》第2章第6节，文物出版社1984年版。

统合的力度，在现有五部分之前补足一章具有理论和方法导论性质的总说，一方面批评总结说文学的经验得失，另一方面突出文化阐释的理论背景和总体把握之特色。在全书内容的划分和章节的编排上，更要把总体把握的原则贯穿始终，使上古字书本身所蕴含的最具文化特色的认知人类学价值凸显于世。

从具体操作而言，自《尔雅》到《说文》，撰著者心目中本来就埋伏着一种贯穿宇宙自然和社会人生的整体意识，一种终始相续、循环而无端的哲学理念。许冲《上说文表》已言：此书意在兼容经子群籍，举凡“文艺群书之诂，皆训其意，而天地鬼神、山川草木、鸟兽昆虫、杂物奇怪、王制礼仪、世间人事，莫不毕载”。今人称之为百科全书，并不夸张。更值得重视的是，许慎在他的百科全书中通过正名辨物、分类编码所寄寓的宇宙论。

刘师培《小学发微补》云：

《说文》一书，始一终亥。一字下云：“惟初太始，道立于一；造分天地，化成万物，”亥字下云：“亥而生子，复从一始，”盖中国前儒，推论世运，以为世界递迁，一治一乱，终始循环，周流不息，故《易》卦始于乾，其彖词曰：“大哉乾元，万物资始，”而《序卦传》则云：“物不可穷也，故受以未济终焉。”《春秋公羊传·隐公元年》云：“元年者何？君之始年也。春者何？岁之始也。”哀十四年，西狩获麟，传云孔子曰：“吾道穷矣。”《尔雅·释诂》首详始字之训，终详死字之训，亦此例也。《说文》始一终亥，例与此同。盖《易经》之义，言阴极则阳生；《春秋》之义，言乱极则治生。……终亥始一，即阴极生阳，乱极生治之义者[1]。

刘师培这段议论可谓高屋建瓴，慧眼独具，从最早的字书、占卜书和史书中“读解”出一种哲学宇宙论来，这一潜在蕴含的发现实有振聋发聩之效应。龚鹏程更据此发挥说，许慎欲通过文字来知化穷冥，以究万原。他那始“一”终“亥”的结构，与其说是什么六书或本义的探究，不如说他是用文字在说明万化始于子终于亥。子为一，属复卦，名天一生水，一阳生，万物滋长，岁在十一月；亥为坤卦，岁在十月。由子至亥，刚好一岁周转，同时也是万化成毁始终的周期。这是汉人发展出来的宇宙观，后来邵雍《皇极经世》仍然采用了这个架构在讲天地开辟以迄世界坏灭。许慎即是用这套宇宙观在释名，安排每个字进入他的世界体系中，各居其位所；同时也用这9353个字来说明这个世界[2]。

用西方人类学的常用概念，这种终始相继的时间观叫作“永恒回归”（the eternal return）或译“永恒循环”，原生于神话思维。华夏文明中最初由老子承袭这一神话思想，转化为道的回环往复之运动法则，表达为“反”与“归”的核心命题[3]，又经庄子推演光大，完成道家的宇宙循环论，并在此基础上实现齐万物、等贵贱、一死生的相对论哲学。《庄子》内七篇始于《逍遥游》开篇的北溟鱼子（鲲）之生化，终于《应帝王》结尾的混沌开七窍而死亡，其间所寄寓的永恒回归神话主题，实与《尔雅》《说文》《广雅》等字书异曲而同工，可会通而释

[1] 刘师培：《小学发微补》，《刘申叔先生遗书》，1936年，宁武南氏排印本。
[2] 龚鹏程：《文化符号学》，台湾学生书局1992年版，第139页。
[3] 参看拙作：《老子哲学的人类学阐释》，《陕西师大学报》1993年第2期。

者也。《说解》在标示“辩证意象”时已言及死生同根、终始一源的训诂通例，而在把握《说文》全书整体结构的哲理蕴含方面却惜墨如金，因而在理论概括和升华全篇上未尽如人意，这不能不说是此书给人留下的一点遗憾吧。

人类学与诗学

人类的一切知识在本质上都是相通的。伴随着理性认识的成熟，有了分门别类去把握事物的需要，于是在文明的发展进程中产生了各门学科。大体而言，关于自然的知识产生在前，关于人类自身认识的各门学科相对晚出。人类学之所以迟至19世纪后期才得以成立，正因为它的认识对象——人，本来就是世间一切事物中最精微复杂、最高深莫测的一种。处于地理、种族、文化的隔膜封闭状态之下的人类，当然没有可能建立对自身的完整意识和全面的认识。那古老的斯芬克斯谜语表明，唯有最具智慧的天才，才能洞察人的谜底。也唯有在全球一体化进程催生出人类学这门新学科之后，方才有了求解文化动物之谜的科学途径。

然而，早在求解人类之谜的科学认识形成以前，甚至在人类脱离动物界不久的茹毛饮血时代，有关人的问题就已经萌生了。古老的神话总是要发问：天地从哪里来，人类如何产生？于是，从比喻的意义上，人们又将表现人类生活、思想和情感的文学称作“人学”。文学始于神话，神话又是史前意识形态浑融未分的象征表现，与巫术、祭祀、咒祝等原始宗教活动密切相关。这样，曾以原始文化为中心对象的人类学同以文学为对象的文艺学（西方传统的称谓是“诗学”）之间，自然就有了交叉互渗的空间，预示着相互对话和沟通的可能性与必要性。在跨学科研究蓬勃展开的20世纪后期，用人类学的知识和方法研究文学艺术，也就从个别的尝试演变成相对普遍的学术流派了。这方面最有代表性的理论还要算加拿大批评家诺斯洛普·弗莱的原型批评。

在加拿大这样的以多元文化主义而著称的新兴移民国家产生出文学人类学研究的理论体系也许有其文化土壤方面的必然因素。而在民族中心主义价值观根深蒂固，乃至保留在国名中的中国，对待人类学这门学科及其跨学科的影响和拓展，也当然会有怀疑、戒备和排斥等情绪化的反应。至今在我国高等教育的学科设置中尚未将人类学作为基础科目列入，这种体制的变革远远落后于知识更新和现实发展需要的状况，在一定程度上由一批学术敏感较强的、自发跨越学科界限的探索者而获得相应的补偿。张德明的《人类学诗学》便是这种大胆探索的一个成功的样本。

作者长期在大学中文系任教外国文学等课程，就西方诗歌和诗学的翻译、研究有深厚的积累；又曾以常务副主编的身份参与飞白教授主持的十卷本《世界诗库》的编纂工作，“从世界诗歌史的大视野出发，编选一部反映3000年诗歌成就的中国诗卷”。[1]这种广博的知识积累和跨文化的学术经验为他独立撰写一部名为《人类学诗学》的理论专著提供了有利条件。不过据我个人的推测，与其说是张德明自觉选择了人类

[1] 张德明：《世界诗库》第10卷（中国）编后记，花城出版社1994年版，第721页。

学的视角去重审诗学的问题，不如说是他所钟爱的英国诗人布莱克暗中充当了诗与人类学之间的媒介人。我们知道，倡导文学人类学批评的弗莱就是从布莱克诗歌研究中开始关注神话原型问题，进而走向理论建构的。他的第一部著作《威严的均称》乃是整体上把握布莱克诗歌结构的尝试。这位以诗歌为“理性修正”之手段的18世纪诗人，通过自觉运用神话思维的对应法则而创造出一种体现深邃哲理的神秘象征体系，从而早在文化人类学诞生之前便为后世批评家借助于人类学方法解读其神秘诗歌体系预留下充分的用武之地。弗莱后来回忆说，他在1947年发表布莱克研究专著时并不知道什么叫“神话批评派”，后人认为他属于这一派。他当时只知道为了理解布莱克，有必要懂一点神话而已。[1]在20世纪80年代出版的《创造与再创造》一书中，弗莱称布莱克为近代以来第一个意识到古老的神话建构已经毁坏，并致力于其重构的人。[2]这些现象表明了弗莱与神话、原型批评的关系如何与布莱克密切相连。张德明于80年代中期翻译布莱克诗歌，出版了《天堂与地狱的婚姻——布莱克诗选》，并由此涉猎原型批评和人类学理论。他所走过的探索之路实与弗莱有相似之处，体现着学术认识发展深化的自身逻辑。本书的第10章“布莱克诗歌的神话原型模式”，从认知程序上看倒是先于书中的其他章节而较早完成的。

本书除导论外，划分为“演化论”“比较论”和“文本分析”三部分。其中前两部分属于理论探讨，后一部分由三个个案研究组成。这种

[1]Northrop Frye，Spiritus Mundi：Essays on Literature，Myth and Society，Fitzhenry & Whiteside，1991，p.100.

[2]Northrop Frye，Creation and Recreation，University of Toronto Press，1980，p.55.

史论结合的内容安排既可以避免架空立论的嫌疑，又可使人类学诗学的理论和方法在实际运用中显示其特有的效应。上编“演化论”分别从语言、巫术、神话、宗教四种维度探究诗的文化发生要素，试图重构出文学现象尚未从原始意识形态的浑融整体中分化独立出来的情景，解答在单纯的文艺学范围内无法说清的“起源”难题。诸如“原初诗—语言”的创生假说及其“人—物互渗”的原始思维基础、诗与巫术的同源共生和分化演变的规律、神话思维及原型对诗歌意象和诗歌结构的模塑作用、神话—诗歌的文化心理效应等理论命题的提出，对于习惯了“文学起源于劳动”“诗歌始于劳动号子”一类教科书模式的读者来说，自然会有耳目一新之感。这也正显示了人类学视野在文学的寻根研究方面所能发挥的透视力度。

中编“比较论”或许是全书中难度最大的一部分。作者依据人类学的文化圈理论和新兴的文化生态学说对诗体类型、诗歌意象做出新的分类和梳理，并对诗歌翻译中的文化传播、过滤、误读现象做了有趣的讨论，归结到翻译对世界文化融合与地球村时代来临所特有的意义。在文化生态环境的划分上，作者选取西欧、中国、印度三种样式，分别确认为海洋型、平原型和高山型，与每一种生态类型相对应的主要诗体则为史诗、抒情诗、颂神诗。史诗的题材是战争和冒险，其所崇尚的价值是力和美，与之相应的诗学为“行动的诗学”；抒情诗的题材是自然人生，其所崇尚的价值是德和善，与之对应的诗学为情感的诗学；颂神诗的题材是宗教哲理，其所崇尚的价值也是德和善，与之对应的诗学为沉思的诗学。以这种取样比较为参照，书中不仅为我们说明了中、西、印三大诗学传统在文化基因上的差异，还试图对文学史上的疑团提出宏观透析的解释线索。比如："如果说，在海洋型文化生态环境中诞生的西方诗学一开始就将史诗列为正宗，致使以后生发的一切文学类型和批评观念都有向史诗模式靠拢的趋向，那么，在大陆型文化生态环境中培育出来的中国文人则向来视抒情诗为正宗，一切其他文学艺术门类出现向诗靠拢的倾向也就不足为奇了。"再如："综合以上种种生态—文化的因素来看，可以认为，中国上古时代史诗和长篇叙事诗之不发达是事实，作为中国人毋庸讳言这一点，也不必为此感到不安或羞愧，正如南方人不必为生产不出粗壮饱满的红高粱而感到羞愧，因为他能拿出北方人拿不出的清香的荔枝和香蕉。"经过这样的界说，人类学视野的诗学如何将文学现象还原到文化"语境"（context）中发掘其所以然的深层内蕴，似可略见一斑。这当然与人类学这门学科原有的宏阔的视野和广博的知识背景要求有关，使我们想起马林诺夫斯基早在20世纪30年代就试图证明的："文化人类学能够而且必须为社会科学提供基础。之所以如此，是因为它能在最广阔的观察和分析的范围内从事研究。"[1]这样，经过长期的学术封闭之后的新一代人文学者能够对文化人类学这样一门纯粹移植而来的西方学科产生浓厚的兴趣，也就不足为奇了。除了理论和方法上的借鉴意义外，人类学还真正教会我们如何破除根深蒂固的我族中心主义及学科本位主义的自大心态，克服"只缘身在此山中"所造成的种种短视和蒙蔽。

不过，这里也存在一些足以引发争议的问题。比如说，中、西、印三种文化的取样是否可以代表"人类"，由这种主观选择所构成的抽

[1] 马林诺夫斯基：《人类学是社会科学之基础》，见《人类之事》（*Human Affairs*），卡特尔（R.B.Cattell）等编，麦克米兰公司1938年版，第200页。

样比较在方法论上是否还有缺陷，建立在这一方法基础上的“人类学诗学”究竟有多大程度的普遍性，对于阐释世界各民族文学的特性会不会有盲点和死角？又如，以平原型和高山型说明中国和印度的文化地理特征对于这两个幅员辽阔、地形复杂的大国来说，是否有简单化之嫌？说“中国史诗和长篇叙事诗不发达”又显然没有将众多的少数民族文学考虑在内，流露着些许汉族中心主义的传统心态和观念。如若从当今的后殖民理论立场出发，这也似乎是可以反思和解构的。另外，从本书的取材上看，属于从文本到文本的案头式作业，对于人类学研究所侧重的田野作业之成果注意不够。尤其是下编“文本分析”部分，所取案例仍以西方文本为主。若能补充一些中国多民族文学特别是田野作业发掘的新的案例资料，或许更能体现出自中国学者之手的《人类学诗学》的构成特色。

纵观当今国际学术发展中的跨学科交叉研究倾向，人类学与文学之间、文本作业与田野作业之间的相互作用日趋明显。20世纪90年代以来在这个交叉领域中出版的英文著作已超过百部，而且呈现出逐年递增的趋势。不难预测，今后在这一方面会有更大的创造性拓展。从这种前瞻的意义上看，张德明的《人类学诗学》虽然还有待于充实完善，但其在我国文艺学研究中的承前启后之开拓作用，已是不言自明的了。

叩问物化的精神

精神与物质这一对范畴的对立关系，是我们这几代学人早已十分熟悉的话题。流行极广的哲学原理教科书总是教导我们：物质决定精神，精神又可反作用于物质。然而，在教条式地坚信这一原理的时代，人们很难跳出此种对立模式，提出或思索下述问题：精神和物质总是截然分开的吗？在纯粹的物质实体中可否找到精神？精神除了语言文本和艺术作品外，还有没有其他的表现形式？面对沙漠戈壁中偶尔发现的岩画，我们可以把它理解为一种体现游牧民生活精神的艺术品；可是当我们面对史前博物馆陈列柜中的那些泥痕斑斑的坛坛罐罐时，为什么只把它们认定为纯粹实用的物质器皿，而不去求索潜藏在其中的精神呢？

好学深思的户晓辉正是带着这种强烈的怀疑而挣脱出“物质/精神”的对立窠臼，尝试从原始陶器中解读出某种深沉而辽远的精神。他的这部《地母之歌——中国彩陶与岩画的跨学科研究札记》虽属于理论著作，却又像一部颇具感召力的导游书，带领读者去探寻那个既陌生又神秘的远古彩陶的世界。作者的专业出身是文学，带着这一世纪文学批评家引以为荣的诸般新潮理论武器，诸如原型理论、比较神话学、精神分析、符号学、女权主义等，户晓辉当然不会像职业考古学家那样以纯粹技术数据的眼光去看待这些几千年前留下来的先民遗物，他试图在这些默默无声的器皿中倾听“黏土的歌唱”，更确切地说是倾听曾经制造这些器皿的史前先民的声音，在一堆堆错综复杂的造型、图纹和象征符号中去透视新石器时代祖先们的观念、信仰和“诗性智慧”。简言之，则是把僵固的考古遗物还原为活的精神世界。

显然，这是一项十分有趣却又相当艰难的研究，它既需要诉诸科学分析的抽象理性，又离不开敏锐灵活的直觉和想象。从方法论上看，二者之间有相当的张力，而且这无疑是会引发争议的。作者在第1章中写道：

作为一个理论工作者，我时常感到自己的形象思维或感性触觉似乎在随理论知识的增长而递减和衰退。这对我们的研究所造成的伤害，有时也许是微妙的，甚至是致命的。[1]

在传统的考古学研究中，正像在许多硬科学中那样，个人性的想象是没有多少地位的。在那里占主导地位的只是发掘和记录。20世纪60年代以来的“新考古学”运动大大拓展了考古思维的活动空间，对出土材料进行系统解释，如今已成为“过程考古学”的一项基本特征。由于时间的巨大跨度和材料的有限性，这种解释的工作不可避免地要适当借

[1]《地母之歌》，第71页。

助于推测和想象。考古学解释迄今已发展成熟的几种方法，如历史复原法、假说—演绎法、系统行为研究法，都在一定程度上保留了想象力的运用余地。当然这里所说的想象不同于艺术创作中的那种自由驰骋的想象，而主要指研究者设身处地地回到原始文化情境中去的直觉体悟能力。此种能力与研究者的个人天赋、理论素养和知识储备都有密切联系，尤其需要对近一个世纪以来的人类学、神话学、民俗学和比较宗教学的新成果和新理论有相当的积累。户晓辉自 20 世纪 80 年代就读大学中文系就开始在这些交叉学科领域里广泛涉猎，并有一批著、译成果相继问世，前不久还做过岩画的个案研究，这就使他在本书中能够自觉地协调理性与直觉、逻辑分析与想象推测的关系，显示出较为鲜明的研究个性。

彩陶和岩画作为前文字社会中物化的精神符号，二者虽有形态上的差别，却也有相通相应的关系。这一点正是本书立论的基点所在。为了有效地回返到彩陶所由产生的石器时代的精神氛围，体悟当时社会的信仰、观念和行为，自然有必要借鉴人类学已有的文化重构，把制陶的技术生产活动和农耕文化的整体联系起来考察。

自瑞士学者巴霍芬的《母权论》问世以来，女性主义神话学经过几代学者层层深入的探索，现已达成了基本的共识：在父权制文明的男性宗教意识形态确立以前，欧亚大陆曾普遍存在一个更加古老和漫长的女神宗教的时代，它始于旧石器时代晚期的狩猎者，在新石器时代的农耕生产发生期达到高峰。英国的女性主义理论家默林·斯通在题为《上帝为女性时》的流行著作中全面分析了女神宗教兴起和衰落的历史原因，认为在反映男性家长权威的犹太教上帝观念之先，曾盛行女性至上神的观念及相关的崇拜活动；德国学者温德尔则对女神崇拜、大地母亲的观念与陶器生产的象征意义之间的关系做了精当的说明，或可引为户晓辉这本书的中心主题之参照。

她反映了人类关于生育与死亡、生存与消亡的基本经验。她是赋予生命的母亲，但同时也是地母，人们死后都要回到她的怀抱里。好些表现这种基本经验的象征都伴随着她：以增、圆、缺三种形象出现的月亮，……还有罐子，这个相当于腹部的容器，新的生命就来自这里。同样，她用来蓄积食物和保存食物的这个罐子，又会变成人们——就像隐藏在母腹中那样——重又回到那里去的墓穴。这是一个人们生活在其中的世界，它受到局限，可以通观，因为“母亲的王国往往就来自这个世界”。生与死在她身上同时并存，尚未遭到罪孽经验、惩罚经验与异化经验的分裂。[1]

在这样一种观念背景之中，谁还能坚持说，制陶仅仅是物质生产而没有精神的内涵呢？作者引证了大量相关资料，旨在将以母神信仰为核心的生殖崇拜与生殖巫术落实到中国彩陶文化的整体把握与具体分析之中。于是，无论是制陶所用的原材料——黏土，还是陶器本身的造型，乃至陶器上面反复出现的动物图案及几何纹饰，无不可以从地母神话或生育巫术仪式之法器的象征功能方面求得新的理解。如该书第 3 章中就有这样大胆的假说：“掺入碳化稻壳和植物秆叶的早期陶器胎地质料及对黏土的精心选择，在我看来，都不仅是出于物理和化学上的考虑，更

[1]E.M. 温德尔：《女性主义神学景观》，刁承俊译，三联书店 1995 年版，第 51—52 页。

重要的是史前人类出于巫术信仰所进行的一种选择：稻壳和植物均是从大地母亲的胸膛也即子宫中长出的活物，而粘土更是大地母亲的血肉，二者掺和所制作的陶器难道不是最好的生殖力传递工具吗？”类似这样的推测书中还有不少，读后总能启发进一步的思考。当然，要证实此类假说有相当难度。作者从理论推演方面举出了一些依据，我感觉若能在实证分析和量化统计方面提出证明，也就会有更强的说服力了。

身体观的文化蕴含

自香港中文大学归来，案头上又见一本新书——《儒家身体观》。是书乃繁体字本，来自所谓“两岸三地”的第三极中国台湾。作者系台湾“清华大学中语系所”（注意名称的微妙差异正是我们这个民族一国多“体”当下现状的征候）教授杨儒宾。他目前远在日本东京大学做访问研究，特意嘱托助理翁翠霞小姐将这本刚刚出版的新著从祖国的第一大岛寄到第二大岛。这是一本装帧典雅、印刷精美的书，由“中央研究院”中国文哲研究所筹备处印行。青黄分野的封面正中有亚圣孟子的线描像，400 多页的内文皆用光泽适中质感上佳的高丽淡黄纸，使人感到这部讲身体观的专著自身就呈现出一种植根于数千年深厚人文传统的美的书“体”。

从内容特色上看，《儒家身体观》的这个书名就给人别出心裁的丰富联想。人们早已熟悉了用“心学”来概括儒家思想精髓的做法，而本书却开宗明义地告诉我们：儒家的心性论与身体论乃是一体的两面，没有无心性之身体，也没有无身体之心性。为了更全面地理解儒学，有必要探讨其心学与形上学的身体基础。在这种身心一体的观照角度下不难发现，儒家乃至整个东方的思维传统并没有像以笛卡儿二元论为代表的西方传统那样，在身体与心灵之间做割裂式划分，而是将形、气、神（心）视为相互依存相互作用的整合体。作者把由孟子代表的这种身体观称为“践行观”，进而探讨其生色说、尽心说及养气论的实践意义，推及思孟学派的德形说、管子的精气说乃至宋明理学中的“作用是性”说和气质之性问题，使全书七章头绪分明，浑然一体，勾勒出一幅源流清晰的儒家身体观流程全景图。如果要做硬性归类的话，儒宾兄的这种写法实在与现代新儒家的主流思路相异趣，或可称为“新新儒家”才是。用他的话说，“不但传统儒者所强调的‘生色’、‘践形’、‘圣人气象’、‘良知良觉’诸说，可从其身体论的观点得到恰当的印证，甚至儒家建于‘形体’之上的‘形上学’、规范人生与滋润人生并重的道德哲学，以及人与社会或自然相互感应的一体论，亦可经由这种纵深的身体观得到另一种理解的线索。”

不过，儒宾兄的“另一种理解”大体上仍然局限在正宗原味的思想史研究范围之内，学院派的拘谨未免使其视角和材料略显单调。尽管在导论等部分偶尔提及梅露庞帝的“身体主体”（body subject）、海德格尔的“此世之内的存在”、乔治·米德的社会化自我观和汤浅泰雄的东方体验式身心修持观等多种理论维度，但在实际展开的过程中仍然以纯哲学的义理分析和文本资料为主，未能从个别思想家的思想史走向俗民社会和亚文化所呈现的大思想史。

记得两年前收到杨儒宾教授主编的文集《中国古代思想中的气论及身体观》后，曾在复信中斗胆提出一个建议，可考虑将文化人类学和当今文化研究的综合视角引入思想史的研究，给身体观的透视带来更丰富多样的层面。如今捧读这本新著，同样的感觉变得更为强烈，不知是不是个人的偏执或有色眼镜使然。

比如说，从人类学的立场审视儒家那种“身体发肤受之父母不可毁伤”的世袭身体观；从福柯那种“权力运作于身体”的政治人类学角度，研究监视与惩罚在中华文明中催生的身体改造术——女性裹足与男性阉割；从道家的人体鼎炉观和佛家的“肉蒲团”身体隐喻去反照儒家身体观的“盲视与洞见”；从雅文化与俗文化、经学义理与市井小说的对立张力中把握传统身体观的丰富性与特殊性；用符号学家“身体的句法结构”等概念去分析文化中的正常与非常、群体与个体之间的差别对应[1]；等等。

又比如，从字源、语源和神话思维的角度追索传统的“身”观念的由来，亦可为儒家身体观提供文化土壤的背景观照。《诗经·大雅·大明》：“大任有身，生此文王。”毛传：“身，重也。”郑笺：“重谓怀孕也。”孔疏：“以身中复有一身，故言重。”通过这层层剥茧式的诠释，“身”之原意似可昭然。所谓“身中复有一身”，正是对生命再生产现象的直观把握。许慎《说文》训身为躳，似未得其本。从金文中的字形看，“身”乃孕妇的素描像[2]。这使人自然联想到欧洲史前维纳斯孕妇像及我国红山文化出土的母神像，在“身体发肤受之父母”的儒家父权制观念背后找到更古老的“身体受之地母”的女神宗教生命观，并在女娲抟黄土造人和女娲一日七十化的神话命题及老子的“玄牝”观中得到印证，使古文中“身”

[1] 参看罗兰·巴尔特：《符号帝国》中“百万人体”等节。

[2] 参看李孝定：《甲骨文字集释》卷八，第2719页；周法高主编：《金文诂林》卷八，第5198—5201页。

与“申”“伸”“坤”“神”诸字假借通用的语文现象得到观念史的深层说明；再从地母加谷神的合成概念“社稷”与“江山”的联系中找到封建政治“国、君一体”理念的发生根源。用人类学家玛丽·道格拉斯《自然象征》一书的分析模式，又可将这种现象解释为“社会性的身体”包容了“自然的物质身体”的符号运作规则之体现。

人类学与“小说”寻根

学院式的教育使人们习惯于分门别类地看待事物、思考问题。久而久之，各种类别界限就容易被误认成天经地义的、具有真理性的东西。其实，类别之分完全是人为的产物，事物之间的界限也是相对的。小说不是从来就有、自古皆然的文学样式。我们今天当作文学体裁的小说概念是西方的fiction（虚构、小说）概念汉译后的结果，各种文学教科书对这一体裁的特征、规范之界定已被误读为万古不变的铁标尺。《马桥词典》的出现，使惯于分类思维、对号入座的书生们碰到麻烦：它究竟还是不是小说，是不是文学？只因为当初在《小说界》面世，后由作家出版社出版，作者以前确实以小说家知名天下，现今仍在作协领工资，所以人们尽管心存疑虑，可还是把它当作小说来讨论和批评。让我们从既定的套路中跳出来，换一个角度做一假设：《马桥词典》不署作者的真名，也不在专出文学作品的出版社出版，而换成某家纯学术的出版社，情况又会怎样呢？恐怕心浮气躁、肝火旺盛的文人圈子不会像现在这样热闹，某些居心叵测的传媒也就无由坐收渔人之利，从中生发出足以“轰动”俗民视听的“娱乐”题材了。

从写作动机看，把小说乃至文学的观念相对化，正是《马桥词典》的一大初衷。不是小说又怎样？这会不会减损了它作为精神产品的价值？这样的发问也许会有“退一步，海阔天空”的启悟效应。先看另一个例子：波兰出身的物理学博士马林诺夫斯基因第一次世界大战爆发不能归国，滞留在南太平洋的特罗布里安德岛民社会中，一住就是两年半。他用日记的形式把他所观察到的原住民生活、语言、习俗尽可能详尽地写下来。后来在英国根据这些材料发表了一系列人类学著作，开创了“参与观察法”和功能主义学派，成为对20世纪社会科学贡献卓著的大师。既然《马桥词典》的作者以一个外来知识分子的身份在村落社会居住了六年多，书中词语99%都直接取自当地村民的日常生活，我们有何理由硬要用本义为“虚构”的西方式小说概念来套这本书呢？既然物理学界从未有人指责马林诺夫斯基背叛本行，那么把《马桥词典》当作田野作业的方言札记来看，又何必引发小说界与文学界同仁的惊慌呢？文体的界限可以打破，职业的界限也不是不可逾越的。汉代屈指可数的大文学家扬雄不也是第一部方言词典的著者吗？歪打正着往往是引发认知革命的契机。

从文学还原到本土文化之根的意义上说，《马桥词典》又恰恰是不折不扣的中国小说，因为其取材和表达方式在很大程度上回归到汉语“小说”一词的本来意义，那就是《庄子·外物》中的“饰小说以干县令”和《汉书·艺文志》所云“小说家者流，盖出于稗官，街谈巷语，道听途说者之所造也”。从这个命名上就可看出，汉文化中的小说本不是文学，而是相对于官方的、庄重堂皇的话语而言的民间小道话语，属于下里巴人的范围，在价值上自然低人一等。正因为如此，中国文学传统从来都以诗赋为正宗，在近代西学东渐以前，小说始终未登大雅之堂，被蔑视为“子不语”一类游戏笔墨。而在梁启超等人借来西洋的文学观掀起小说界革命之后，作为重要的文学体裁的小说才彻底恢复了名誉，并构成现当代创作的主流形式，在不断的交流和借鉴之下日益和西方小说相接轨。《马桥词典》的作者当初也在这条接轨的道路上行走，并且取得了世人瞩目的成就。可是在本书中却明确表示不愿再向这个方向走下去了。经过多年自觉的“寻根文学”探索，似乎终于在后殖民意识的觉醒年代找到了本土文学的非文学之根——活生生地存在于下里巴人口耳之间的日常话语。这种从“寻根小说”到“小说”寻根的写作转变，表面上看来是作者个人兴趣的变化，但从其背面却分明可以透析出处在当代急剧的文化变迁之中的人文知识分子所做的价值选择。

“从土著的观点看”

从文化多元时代认识相对化的大背景上看《马桥词典》的出现，或许能从一般的文学阅读之外领悟到更深层的认识论意义。对我国方言的研究，从扬雄的时代算起，足有2000多年的历史了。但是为了一个村寨的日常用语编辑词典，总难免让庄重的学者感到有些困惑不解。我们不是早有了《辞海》《现代汉语词典》这一类体现规范和统一的标准工具书吗？有什么必要将不登大雅的村夫野老之言提升到词典的高度呢？若以研究方言俗语而言，我们不也早有了《俚言解》《雅俗稽言》《常谈考误》《通俗编》《恒言录》《土风录》《证俗文》《吴下方言考》《新方言》《俚语证古》等一大批前贤名作，有谁曾听说一村一乡也有编词典的必要呢？如果放在二三十年前的经院哲学时代，《马桥词典》的作者恐怕难免被视为异端或狂人了。且看其编撰者序中的头一段说明：

为一个村寨编辑出版一本词典，对于我来说是一个尝试。如果我们承认，认识人类总是从具体的人或者具体的人群开始；如果我们明白，任何特定的人生总会有特定的语言表现，那么这样一本词典也许就不是没有意义的。[1]

这种对“具体的人”和“特定的人生”的浓厚兴趣是否足以成为编“典”的理由，对照前述人类学、社会学领域的新趋势，已经是不言自明的。从编例上看，《马桥词典》只选取了马桥人生活中部分有特色的语词，再将这些语词还原到马桥村的历史文化脉络之中加以诠释，或引发出具体的人物、事件，或联系特定的故事、传说和习俗。这种写法与其说像词典类工具书，不如说更像人类学、民俗学家的田野调查作业笔记，且随处流露出文化比较的研究旨趣，似乎要将语言学史上从未有人开掘过的一座宝藏以其自身特有的魅力展现于世人面前。

马桥人的“赶肉”即围猎；“做鞋”即下铁套；“请客”即下毒药；“打轿子”即挖陷阱；“天叫子”即粉枪火铳；等等。他们疑心动物也通人语，说猎事的时候即使坐在屋里，也必用暗语，防止走露风声让猎物窃听了去。

尤其是指示方向的词必须重新约定：“北”实际上是指南，“东”实际上是指西。反之亦然。这是因为围赶黑相公的时候，人们敲锣呐喊，人多嘴杂，为了隐藏陷阱或枪手的方向，只有约定暗语，声东击西，虚虚实实，才可能迷惑畜生。[2]

---

[1] 韩少功：《马桥词典》，作家出版社 1996 年版，第 1 页。以下引用仅注页码。

[2]《马桥词典》，第 288 页。

我们在古汉语课堂早知有“反训”之例，如“乱”训治，“故”训今之类。可谁会料到马桥村民将反训语词运用得如此得心应手、无师自通呢？我们知道语言的意义是约定俗成的，却不曾想过在极有限的范围里经过重新约定，日常语言也能当密码一样使用。我们常识中最古的诗歌是相传黄帝时的《弹歌》，它以天然质朴的口吻把打猎叫“逐肉”。不料这一说法在几千年后的马桥人口中仍然是鲜活鲜活的。《马桥词典》对“地方性知识”的发掘就这样把空间上的“边缘”同时变成时间上的拓展，让人们在生动风趣的言语展览中领略到俚语何以能“证古”的化石效应。“在这块神奇的土地上，不经意一脚就会踩到汉朝以前”，看来不是作者信口开河的夸张。倘若把“飞土逐肉”的生活方式看成史前狩猎采集社会的真实写照，那么我们在马桥人的“赶肉”说中又何止回到了汉朝以前，那简直就是文明史以前了。[1]雅各布逊所说的“诗歌是人类的母语”，于此亦可得到验证。

在书同文、车同轨的大一统时代，与边缘相对的是官方意识形态所构成的文化中心。绝对化的认识要求把中心话语确认为正宗和标准，让所有的边缘话语效法中心，向中心看齐。这种向心性的文化模式有利于民族的统一和国家的安定，却不利于思想的解放和认识的民主化。由权力构成的知识未免偏执、狭隘和专断，它的权威存在同时压制、牺牲了大量“地方性知识”，使之成为沉默的死角，被剥夺了其应有的价值。

---

[1] 文明人对动物和动物肉的区分鲜明地体现在英语词汇中。利奇指出：“人类羞于杀死体格较大的动物，这是个非常奇妙的现象。当这些动物被杀死之后，阉牛（bullock）就变成牛肉（beef），猪（pig）就变成猪肉（pork），羊（sheep）变成羊肉（mutton）。但是较小的动物却不可改其称，诸如羔羊、兔子等。”《20世代西方宗教人类学文选》，史宗主编，上海三联书店1995年版，第350页。

《马桥词典》下面一个词例便很能说明这种价值的相对性道理：

渠　直到现在，我说到盐早或其他人的时候，都是用“他”。在马桥，与“他”近义的词还有“渠”。区别仅仅在于，“他”是远处的人，相当于那个他；“渠”是眼前的人，近处的人，相当于这个他。马桥人对于外来人说普通话“渠“与“他”不分，觉得不可思议委实可笑。[1]

从古书中的用例看，至少在三国时期就有了“渠”指“他”的现象，但二者间的微妙差别却并不明了。现在从马桥人的特指用法中，我们看到的不只是“他”可分远近彼此的人称现象，更为耐人寻味的是在这一语言现象背后潜在的那种更加具体、精确的感知方式和思维密度。可惜从权威的、代表大一统文化中心的工具书（如《辞海》《辞源》《现代汉语词典》）中根本看不到这方面的细微区分。究竟是马桥人多此一举、画蛇添足呢，还是我们的感觉变得粗糙麻木，丧失了对事物细微差别的直观分辨能力呢？语言发展从具体趋于抽象的必然过程会不会使人日益脱离丰富多彩的现实关系，形成所谓“语言的牢房”“词的暴力”以及“理性异化”呢？20世纪的语言哲学家们对此已发出了预警信号。有鉴于此，作为文学人类学文本的《马桥词典》，其特有的文化批判意义也就绝非文艺学和方言学所能限定了。套用吉尔兹的说法“从土著的观点看”（From the Native's Point of View），我们就不会以高等文明人的自满去猎奇式地打量马桥人的奇谈怪论，而完全有理由认同

[1]《马桥词典》，第157页。

马桥人的具体思维，对外来人说普通话“渠”与“他”不分的迟钝做批判性反思。

人类学家的研究动机往往是了解他种文化和生活方式，但随着认识的展开，对“异”和“他者”的观照常常引起反观自身和大破文化自满的连带效果。一方面是以新奇、怪异为直感印象的他文化，另一方面是习焉而不察、熟知非真知的己文化，客观形成的文化对比效果“具有使读者重新定向和改变感知方式（altering perception）的作用”。[1]基于这种认识，晚近的人类学界提出了“作为文化批判的人类学”之新定向口号，并且迅即在文化研究中获得广泛的共鸣。《马桥词典》的作者虽不属于职业人类学家，但以知青的身份深入湖南乡村生活，入乎其内出乎其外，积累了丰富的第一手资料，后入大学深造，尤关注语言、文化方面的理论，这就使他的创作始终贯穿着批判性思考和学术探索的精神，并非灵感式的即兴而发，更不是消遣自娱的“玩文学”。《马桥词典》在训释150个词的过程中，引经据典的功夫并不亚于一般的学位论文，甚至如方志等在内的一些非常见书也不时出现在行文中。作者有意识地通过语言现象的古与今、雅与俗、文与野、中心与边缘、庄重与诙谐，加以多方位的比照，从中发微索隐，寻根讨源。许多启人深思的议论，确实具有“使读者重新定向和改变感知方式的作用”。在“打车子”这个地道的粗话条目下，作者有一段关于“边际人”的议论，可看作他与人类学家的跨文化作业相认同的表白：

[1] 马库斯（G.E.Marcus）、费希尔（M.M.J.Fischer）：《作为文化批判的人类学》（Anthropology As Cultural Critique），芝加哥大学出版社 1986 年版，第 111 页。

社会学研究过一种“边际人”，大多指从一种文化进入另一种文化的人，比如进入城市的乡下人，比如远离母土进入他国的移民。语言是这些人遇到的首要问题。不管他们是否有钱，不管他们是否有权势，只要他们还没有完全掌握新的语言，还不能对新的环境获得一种得心应手的把握，他们就永远摆脱不了无根之感，无靠之感，无安全之感。[1]

人类学家认为，能否进入当地语言，是能否“从土著的观点看”其文化的前提，“边际人”（又作“边缘人”）身份的获得主要靠研究者在己文化与异文化之间、雅文化与俗文化之间出入自如的能力训练。

昔日的文学家和文学批评家更多地关注文化大传统方面，受到以人文知识精英面目出现的哲学家或思想家的很大影响；而文化人类学的研究侧重于所谓“小传统”，其对文学家的影响大有后来居上、与日俱增的趋势。对此，可以引用对台湾著名人类学家李亦园先生的一段访谈作为说明，为《马桥词典》的认知价值取向提供某种学理上的大背景。

问：您主张文化人类学主要是研究文化的，那么它与哲学和思想史对文化的研究有什么不同？

答：人类学是从日常生活中，主要是从民间，当然也可以从精英的日常生活中去看文化。它不像哲学和思想史着重诠释古人和知识精英说什么，怎么说，而是着重观察现实生活中的人做什么，怎么做，并透过去发现文化深层的“文法”或“逻辑”。这种文化深层结构是相当稳定

[1]《马桥词典》，第157页。

的，但它活在普通人生活中，而不是活在学者头脑里和书本上。然而，人类学研究文化的视角并未得到充分理解和重视，甚至经常被蔑称为“小儿科”。[1]

后现代文化研究的一大倾向就是批判权力话语对边缘文化的压制，让各种闻所未闻的弱势话语发出自己的声音，让“地方性知识”从“小儿科”变为大人科。研究者也在这种视野和心态、价值观的转换中完成“边际人”身份的建构。《马桥词典》在这方面提供了一个可资借鉴的个案。

[1] 王俊敏：《人类学研究与文化沟通》，《北京大学学报》1996年第1期。

文化多元时代的“地方性知识”

经院哲学时代以来最大的思想副产品就是知识在权力的作用下定于一尊，形成后人难以逾越的认识屏障。无论是上帝发出真理的信条还是独尊儒术的政策，都会使一元化的知识结构长久统治知识分子的头脑，把某种外在的因素所夸大、变形的东西绝对化，貌似万古不变之真理。生活在这种氛围之下的人们是很难跳出一元论之窠臼，形成自由思考和多元价值观的。20世纪是世界上传统的文化屏障以空前的速度和广度被打破、消解的世纪，迎来地球村时代的人们很难再固守单一文化封闭不变的价值观念，在碰撞、播化、交流与互动的加剧中形成的多元文化格局必然在认识论方面引发重大变革，知识与价值的相对化就这样在文化相对化的基础上日益深入人心。人类认识的盲点、死角不断得到新的开发和探索，昔日的真理不得不让位于更加精细、具体的认知需要。正如英式英语和美式英语、港式英语之间并无正误之分别一样，在爱斯基摩文化描绘雪的20多种名称的对照之下，《辞海》中有关“雪”字释义的权威性自然受到质疑。“地方性知识”（Local Knowledge）这个概念的提出将对人文社会科学产生极深远的影响，消解和修正我们在经院哲学时代所形成的绝对化知识观和真理观，使具体问题具体对待的认知策略成为人文研究成效的保证。人类学家吉尔兹在20世纪80年代初这样写道：

关于文化现象应被视为能提出阐述性问题的分类甄别意指系统的主张，令十年前的社会科学家极感惊恐，因为当时社会科学家往往会对任何文学上的或不精确的东西产生过敏性的厌恶反应，而这种主张已不可能令当下的社会科学家感到惊恐了。在某种程度上讲，这乃是下述日益发展的认识的一个结果，这种认识指出，业已确立的那种对诸如规律和因果性社会物理等现象进行研究的路径，并没有能在预测、控制和可检验性方面取得成功，而采取这些路径的论者原本却一直允诺能在这些方面获致成功。再者，从某种程度上讲，它也是知识去褊狭化（deprovincialization）的一个结果。更为开放且宽宏的现代思想潮流已然开始冲击过去那种隐晦的、褊狭的知识，尽管这些知识在某些方面依然如故。[1]

对于习惯了“放之四海而皆准”一类独断论思维方式的人来说，所谓地方性知识也就是那种只在一时一地才“准”的知识，其在人类思想文化中的地位和价值是根本不足道的，科学理性的任务绝不在于纠缠这些琐碎具体的常识，而在于寻找具有广泛概括力的、普遍性的法则或

[1] 吉尔兹：《地方性知识》，邓正来译，《国外社会学》1996年第1—2期，第85页。

原理。然而，在吉尔兹等人看来，过去相当一段时间里人们对普遍原理的过分偏执恰恰阻碍了人文社会科学领域的发展，曾被信奉为规律、因果性关系法则的许多教条并不能在预测未来方面给人如愿以偿的实际结果，也经不起在不同时空范围内的应用性验证，日益暴露出“大而不当”“往而不返”的虚假性和空洞性，不但无助于进一步认识新事物，反而成了束缚人们眼界和手脚的障碍，无形中使我们的知识“褊狭化”，与丰富多样的文化现象相互脱节。吉尔兹说：“尽管我们当中仍有一些人委身于一个被他们视作单一的大理念，但对涵括社会之一切的‘一般性理论’的倡导毕竟已日益空洞无力，对拥有这种‘一般性理论’的主张也显得妄自尊大。”“一个民族志学者，通过对远古思想布局的爬梳厘定，会发现知识形态的建构必然总是地方性的，亦即同他们的工具及包装总是不可分离的。人们或能以普遍式的修辞掩盖此一事实，或能以某种大而无当的理论使之变得模糊不清，但事实上人们并不能真正使之消失掉。”[1]也可把这种知识的“去褊狭化”——对地方性知识的广泛关注看成是文化多元时代所唤醒的认识论上的一种民主化倾向，因为它主要针对的就是权力借助意识形态而塑成的独断性知识和文化霸权主义。人类学家通过展示文化的多样性存在之事实就已在客观上构成了对独断与霸权的潜在挑战。

与人类学中以解释人类学派为代表的知识去褊狭化倾向相对应，在社会学中也出现了转向个体研究的新潮流，并由此引发出李凯尔特式的方法论悖论：“研究个体的”（ideographic）方法能同“研究普遍

[1] 吉尔兹：《地方性知识》，邓正来译，《国外社会学》1996 年第 1—2 期，第 86 页。

规律的"（nomothetic）方法一样合法吗？知识社会学家里克曼解释说："社会学为什么趋向于个体研究，基本上有两个原因。一是社会科学中引起我们兴趣的独特现象要比自然科学的多得多。一旦某个普遍法则被证实，如果没有进一步考虑的话，化学家就把化学制品遗弃在实验台上；而社会学家却仍然对'中等城市'的经历或西方资本主义的起源保持着兴趣。二是社会学的规则并不是支配社会中个体之间相互关系的规则。例如，我们能够按照生物学的、心理学和经济学的规则来解释家庭生活的特征，在特定社会里只有依照其独特的社会文化背景才能解释清楚。这些思考已经使得通过批判地检验、合理地证明和系统的使用，来使研究个体的方法合法化这一点变得十分重要。"[1]在发展研究个体的方法方面，与文学批评和美学相近的阐释学方法自然受到社会科学家的关注。

吉尔兹在20世纪70年代给自己的文集命名为《文化的阐释》时，就有意识地同怀特等人的"文化科学"划开了界线："研究文化并不是探求法则（in search of law）的实验性科学的一种，而应该归为探索意义（in search of meaning）的解释性的学科。"[2]

进入20世纪90年代，伴随着西方知识界对传统的欧洲中心主义世界观和白人优越论的批判性反思不断深入，对文化殖民主义现象的广泛自觉，跨学科的全方位文化研究的展开，已有人文学者正面提出"新的文化差异性策略"，作为批评家和艺术家在多元文化时代立身行事的价值基础。科内尔·韦斯特便是这一新策略的理论倡导者，他对此一策略的

[1] 里克曼（H.P.Rickman）：《理性的探险》，姚休等译，商务印书馆1996年版，第144页。
[2] 吉尔兹：《文化的阐释》（The Interpretation of Culture），纽约基本图书公司1973年版，第5页。

特征做出如下描述：

新的文化差异性策略的明显特征在于用多样性、多元和异质（heterogeneity）去取代一元和同质（homogeneous）。拒斥抽象、一般和普遍，而代之以具体、特殊和个别。通过强调偶然、暂时、无常、不确定性、转换和变化而实现历史化、情境化和多元化。[1]

于此不难看出，在文化批评家和艺术家们这里，认识相对化的进程要比在职业人类学家和社会学家那里来得更加迅猛和激进。在后者那里，对个体和差异的关注是为了纠正由知识的绝对化和褊狭化所造成的认知误差，填补知识全景图中的空白和盲点。“同文学评论家一样，社会学家必须关心主观意义，人们把这些主观意义归属于他们所在的情景，是因为他们的主观意义给他们提供了行动的动机。所以，为建立因果关系和普遍规律而限定自身的科学方法需要解释学作为补充。”[2]而在趋近于后现代立场的批评家这里，“补充”的要求已被“取代”的呼声所淹没，对偶然、暂时、异质和个别的过分推崇一旦走到极端，也就难免把相对变成了虚无。那种在文学欣赏中流行的说法“有一千个读者就有一千个莎士比亚”，若完全照搬到人文学科的其他领域中来，那就无异于从根本上取消了学科存在的理由。

[1]韦斯特（C.West）：《新的文化差异性策略》（The New Cultural Politics of Difference），西蒙·杜铃（Simon During）编：《文化研究读本》，罗特累齐公司1993年版，第203—204页。

[2] 里克曼：《理性的探险》，第145—146页。

文学人类学：田野与文本之间

立足于后冷战时期的国际秩序新局面，文学人类学批评作为加强文化交往与文化沟通的有效途径，作为克服民族中心主义心理障碍，确立文化相对论平等对话观的有益途径，已日益变得明确和必要。随着后殖民背景下的真正多元对话的展开，歌德和马克思在19世纪预示的“世界文学”的时代正加速到来，文学研究本身获得了发掘文学艺术的人类学价值，促进人类文学经验的会通和重新整合的重大使命[1]。而文学经验的世界性整合将成为先期破除国族的和地域的疆界，培养具有世界主义人文素质的新时代国际公民的最佳教育手段。

自1895年严复译《天演论》，人类学的知识便开始冲击和改造着2000年来自成体系的国学传统，并在思想界引发一场以“自强保种”为号召的轩然大波。20世纪初伴随着中国社会的历史性大变革进程和新文化运动的蓬勃展开，一大批人类学、宗教学、神话学、民俗学等西方著

[1] 参看麦克尔·摩西：《小说与文化的全球一体化》（1995年）。

述被陆续译介引进到中国学坛，并直接催生了我国的神话学和民间文学理论的建构过程，对文学批评格局乃至整个国学传统的改变和方法的革新均有重要意义。1949年以后至20世纪80年代这段时间里，由于受非学术的干扰和闭关锁国状态的限制，对包括人类学在内的西方学术思想和成果的关注和译介工作遭到长时间的停顿和抵制。思想解放运动以降，到20世纪80年代中后期，迎来了学习、引进西方人类学理论的又一次热潮。而且不论从规模、数量方面看，还是从吸收、消化的深度和普及程度上看，都比20世纪前半叶的那次西学东渐大潮有过之而无不及。对于文学理论和文学批评来说，人类学视角的引进成为原型批评在中国学术土壤中生根开花结果的一项必要的知识准备。这种移植而来的批评模式连同其人类学知识背景一起，成为中西学术思想和方法的世纪性会通的典型案例，并同心理分析、结构主义、接受美学、女权主义、解构主义等批评模式一起大大丰富了中国文学批评的武库，促进了文学研究方法的国际性接轨进程。

为了及时反映国际上文学人类学的理论动向，以便为国内的相应研究提供参照，笔者1994年曾根据在国内搜集到的英文出版物，撰文评介西方文学人类学研究新进展，侧重谈了三种倾向，即原型视角的文学人类学、符号学视角的文学人类学和美学视角的人类学诗学[1]。当时以为这样的概括大致可反映这一领域的主要情况。然而时隔不到两年，当我于1996年6月利用美国哥伦比亚大学图书馆的电脑系统，键入“人类学/文学”两个主题词进行检索时，令人大吃一惊的是，屏幕上竟给出了209部

[1] 参看拙作：《西方人类学研究述评》，《文艺研究》1995 年第 3—4 期。

相关的著作目录，其中有140部专著是1990—1996年间出版的。从作者的专业分布看，文学研究与文化研究融合的迹象十分明显。来自英语系、比较文学系、人类学系、社会学系、宗教学系等各个学科的作者，完全可以在没有多少交流障碍的前提下探讨共同关心的跨学科主题。鉴于人文、社会科学方面这种分化、改组、沟通和重新整合的大趋势，可以预期下一世纪文学人类学的交叉学科研究将会获得更大的发展。

相形之下，我国的文学人类学研究还处在起步阶段，其所面临的课题和问题都很多。关于它的研究现状，20世纪90年代以来不断有概观和总结性的论述问世[1]，这里仅就两个问题略陈己见。由于我国高校的文科专业设置在总体上严重滞后于时代的发展，大体沿袭着20世纪初以来的学科和专业格局，即以文、史、哲、经为基本框架，根本没有文化人类学这门新兴学科的位置。1949年前个别设有人类学系的大学（中山大学与厦门大学）这些年来也未能很好地发展，且偏重在体质人类学方面。这就导致了我们知识结构、人才培养等方面的空缺。与在大学教育中普遍设有人类学科系的西方知识界相比，我们从事这方面的跨学科研究就显得基础薄弱，先天不足。尽管20世纪80年代以来有相当一批欧美的人类学著作和教科书相继翻译过来，但由于得不到学科建置上的保证，近年来尝试文学人类学研究的学者，基本上都没有受过人类学的严格科班训练，只是凭个人兴趣和业余的专业自修而自发地借鉴人类学和比较文化的知识从事文学研究的。虽然他们的可贵探索已经取得了初步的成绩，对于变革整个文学研究的传统格局产生了积极的影响，但毕竟还处

[1] 参看拙编：《文化与文本》，中央编译出版社 1998 年版。

于民间的“弱势话语”地位，在学科定位、课题设置、经费申报、研究生培养诸方面都没有切实的支持和保障，因而很容易招来以下两方面的误解：人类学科班出身的人会瞧不起，以为是野狐禅一类的瞎闹；坚守文艺学传统研究范式的人又会认为太出格，标新立异或生搬硬套。在这种相当不利的境况下，文学人类学研究者只有加倍努力，从人类学知识的积累和方法的训练上，从本土材料的掌握、训诂学文献学基本功修养上，都给自己提出更高的要求，寻找最佳的结合部与切入点，拿出既富有创新精神又经得起时间检验的实际成果，才能在学术变迁的大潮流中站稳脚跟，起到承前启后、推陈出新的作用。诚然，做到这一点很不容易，也会受到各种客观条件的限制，但没有这种高标准的眼光就难免事倍而功半。

要使自己的研究能有较高的起点，一个重要的前提是掌握本领域的基本文献和新材料新信息。这方面我们的译介工作还远远跟不上需要。人类学的经典文献有中译本的并不多，像弗雷泽的10多部著作，除《金枝》外，国内学者几乎看不到。再如艾利亚德、约瑟夫·坎贝尔、玛丽·道格拉斯、维克多·特纳、吉泽·若海姆等大批在国际学坛享有盛名的开宗立派者，也大都未能译介过来，为众多不能阅读外文原著的同行们所分享。更不用说20世纪80、90年代以来以吉尔兹和詹母斯·克里福德为代表的文化描写学派的新成果了。不改变这种相对的隔膜闭塞状态，要我们本土的文学人类学研究有长足的发展几乎是不可能的。

文学人类学是文化人类学与文艺学交叉的产物，它毕竟不能像文化人类学那样以田野作业为中心。文学现象虽然可以从田野的“活性态”去考察，但更普遍的存在方式还是书写的文本。如何处理好田野作业与文本作业之间的关系，是文学人类学研究者无法回避的方法论课题。过去由于国际关系和意识形态方面的原因，中国文化一直处于西方人类学的田野作业主流之外。今后这种状况必将大有改观，56个民族的活态文化为人类学者提供了非常广阔的活动空间。而田野作业的发展又为文本作业——以案头的文献为直接对象的文化研究或文学研究——提供新的解读视野和新的参照材料。就目前情况看，我国从事文学人类学和少数民族文学（文化）研究的两支力量尚处于各自为政的状态，二者之间沟通互补的前景甚为可观，相信新成立的文学人类学研究会能够不辱使命，在协调中西、内外、古今、主流与支流、弱势话语与强势话语方面做出贡献。从人类学发展的新动向看，受后殖民理论的“权力话语”“他者”等观念的影响，对马林诺夫斯基以来田野作业成为一统天下的人类学格局的批判性反思正方兴未艾。与此相应，在整个后马林诺犬斯基时代被讥讽为“摇椅上的人类学家”（喻指没有田野作业经验）的弗雷泽的比较主义研究方法，也开始得到重新认识和重新评价。如曼革纳若所指出，“田野作业者单一的叙述视点不可避免地会包摄所有‘他者’的声音，形成‘独霸话语’”，而将文本当作田野的弗雷泽比马林诺夫斯基优越之处就在于能保持多元文化的多声部的“互文性”[1]。此外，曼革纳若的《现代主义人类学：从田野到文本》、泰特罗的《本文人类学》等一批新著的问世，也都从一个侧面反映着理论上的变化。倘若我们能够将长久以来的文本与田野之间的张力转化为动力，文学人类学的方法论建构便可找到有益的契机。

[1]M.Manganaro：Myth，Rhetoric，and the Voice of Authority，Yale University Press. 1992，pp.5-6.

文化争论与文化研究

20世纪以来，中国人文知识界最关注、最投入、最持久的一个“兴奋点”话题无疑是文化之争。百年来的几代“精英”以不同的立场、角度、措辞去重复着同一个实质性问题：中西文化的优劣高下和去留取舍。“五四”时期西化论与国故运动，30年代的科学与玄学之争，50年代海外华人学者的“新儒学”复兴，60年代“史无前例”的“文化大革命”，80年代以“黄色文明”和“蔚蓝色文明”为主题的文化热，90年代本以为该是文化热退潮后的片刻平静，谁知诸如“传统文化与现代化”“后殖民主义与文化霸权”“现代主义与后现代主义”“文明冲突论”等新老话语交相辉映，沸沸扬扬，正所谓树欲静而风不止，剪不断，理还乱。细究起来，五花八门的话语背后仍然是近百年来的那个老问题，争了又争，热了又冷，冷了又热，总无结论。

倘若使我们的无数英雄竞折腰的文化争论确实具有某种超乎时空的永恒价值，像生与死、人与自然这样一些思想史上的永恒主题，那么我们前赴后继地为之索求解答的努力毕竟不会白费，总能为知识的进步和学术的积累有所贡献。然而，文化优劣之争和取舍之辩似乎并非这样的永恒主题，它的提出和每一次升温发热都是以闭锁后的开放为现实背景的。尽管自近世以来的主要趋向是开放、碰撞与交流，但其间不免有多次反复折腾，在不同措辞之下重复着一个没有结论的老话题也就在所难免了。

对于上述文化大讨论之“怪圈”，我以为有识之士应该有一个清醒的认识和相对超脱的态度，分清什么是意识形态的争辩，什么是学术研究上的问题，不必一味地跟风尚，凑热闹。站在文化人类学的立场上看，当一个长期封闭的文化因受到外来文化的冲击而改变传统形态的时候，必然要引发几种模式化的反应，这是一个相当长的过程，人类学家称之为“文化变迁”（cultural change）。对于处于文化变迁时期的本土文化成员来说，他们对于外来文化的反应不外乎以下三类模式：或接受，或排拒，或中和。后者是在接受中有排拒，在排拒中有接受。我们的文化争论史上层出不穷的观点无一不可归入这三类反应模式。文化变迁的最终结果是“文化涵化”（acculturation），其通俗的表达就是本土文化与外来文化的相互改变和相互融合。这绝不是一朝一夕或三年五载便可完成的。涵化必然要在接受和排拒这两种极端的反应模式长期作用之下方可达成。如果是接受一极占了上风，可以称此种文化涵化为“主动的”涵化；若是“排拒”一方占上风，则可称为“被动涵化”（用我们历史上已有的成词来说，或可举出“师夷制夷”）。不论是主动还是被动，涵化之结果总要使本土文化有所改变，这是不以个人的意志为转移的。按照“文化相对主义”的原则，本土文化与外来文化之间并无优劣高下之分，因为世界上每一种文化都是特定的人类群体在特定的时空条件下历史地形成的，并没有哪一种文化拥有比其他文化更客观、更绝对的价值标准。即使在最发达的后工业文化与刀耕火种的石器文化之间，文化价值也是相对的和独特的。当然从纯技术的角度可有判别高下的尺度标准，但“文化”是一个远远大于技术的整合性概念。对待这个概念的学术态度与非学术态度如果混淆不清的话，那么必然会陷于价值纷争而难以自觉。

文化人类学是最早把“文化”概念作为研究中心的一门学科。它倡导学人从内部而不是外部去理解每一个相对独立的文化，关注“是什么”和“为什么”的问题，这正是对待文化概念的学术态度。其研究结果丰富了人类对自身的认识，有助于知识的积累和学科的进步。相形之下，我们耳熟能详的文化争论似乎并非如此。它所关注的主要问题不是具有客观标准的“是什么”和“为什么”的问题，而是主观色彩浓重的“应当如何”的问题。严格地说，这类问题不属于学术研究的对象，更多地牵涉意识形态和价值判断，所以也常常因时因地因人之变异而发生变异或改换方向。文化争论的两端之所以谁也无法说服对方，原因主要在此。“应当如何”的纷争看似热烈，但由于主观情感和意志的成分太多，无助于客观知识的累积和学科的进步，只能随着现实境况的变化而不断重演着由冷到热和由热到冷的周期循环。尽管当今的争论者采用了诸如“黄色文明”与“蔚蓝色文明”这样的比喻用语，或是“文化帝国主义”“文明冲突”之类借自赛伊德、亨廷顿们的翻译用语，但争论的实质仍未改变，或者说仍停留在“五四”以来的中西之争的窠臼以内。然而，时代毕竟不同了，争论者的自身形象已从长袍马褂变为西装领带，这似乎昭示着文化涵化、文化变迁的不争的事实吧。

值得注意的是，“文化热”并不只是中国文化处于变迁时期的独有现象，而是具有世界性的普遍现象。在西方人文学界，文化也已经从文化人类学家的领域中提升出来，成为新的跨学科研究的热点。先是60年代以雷蒙·威廉斯（Raymond Williams）为代表的英国派文化研究，近有风行欧美的广义的文化研究。1990年4月在美国伊利诺斯大学召开了有900名学人参加的“文化研究：现状与未来”国际会议，可谓盛况空前。从该次会议的情况看，西方现代的“文化研究”（cultural studies）尚未独立形成一门有特殊方法论的学科，充其量只是一个新角度和新领域。从事文化研究的学者来自文、史、哲、社会学、心理学各个学科，他们公认的文化研究之特色在于它的超学科性。20世纪以来新兴学科不断涌现，“跨学科”（interdisciplinary）研究已经从少数先进学人的尝试变为较为普遍的发展趋势。文化研究者则在“跨学科”基础上要求再进一步，提出更加咄咄逼人的“反学科”要求（antidisciplinary）。这或许是因为“文化”作为一个整合性概念，从已有的单一学科角度已无法从整体上加以把握了。旗帜鲜明的“反学科”要求正体现了文化研究的综合倾向与方法上的开放性。诸如文本分析、符号学、统计抽样法、女权主义、精神分析、传播学、解构主义、田野作业等均可作为文化研究的视角与方法，这一点在伊利诺斯会议的文集《文化研究》的篇目上就可一目了然。该文集的编者将所收录的39篇论文划分为16个分主题，从中可略窥“文化研究”的方向和大致范围：

1. 文化研究的历史

2. 性别与性

3. 民族性与民族认同

4. 殖民主义与后殖民主义

5. 种族

6. 大众文化及其观众

7. 认同政治学

8. 教学法

9. 美学政治学

10. 文化及其制度

11. 人种学与文化研究

12. 学科策略

13. 话语与文本

14. 科学、文化与生态系统

15. 重读历史

16. 后现代时期的全球文化

所有这些论题的确已不是原有的既定学科所能范围的，来自不同学科背景的作者和编者们正是在“文化”这个高度整合的概念下提出问题和思考问题的。这种多元的文化研究势必给陷入学科划分之囹圄而不能自觉（更不能自拔）的研究者带来眼界和心胸的一种解放，在文化这个整合的视野中重新定位自己所研究的问题。其意义比通常所说的“文史哲不分家”的立场似乎又进了一层。

把西方当代的文化（研究）热同中国的文化（争论）热相对照是必要的和有益的，这将有助于我们对学术与非学术间的界限有清醒的意识，避免将价值判断类的命题误解为学理上的问题，避免用“应当如何”的争论取代或遮蔽、淹没“是什么”和“为什么”的深入探究。令人欣慰的是，90年代以来的国内学界已开始显示出不同于以往的成熟理性，对学术史的关注和对学术规范的强调，可以说正是对近百年来中国学术（此处指人文学术）意识形态化倾向的自觉反思的反拨的结果，尽管仍有少数学人借助于现代大众传媒去制造所谓的学术热点，用“侃”和“炒”的方式继续蔓延那种放言空论式的学风，但是越来越多的人已对此有所戒备。“往者不可谏，来者犹可追”，何去何从，值得每一个人文学者三思。

后记

20世纪70年代末读大学的生活中有几个场景至今历历在目。其中之一就是观看中国女排的夺冠大赛。当时电视机还远未普及，整栋楼的学生挤在一起注视着黑白屏幕上的小人儿，每当中国队获得一分，整栋楼宇就是一阵地动山摇般的欢呼声和敲击、顿脚的震颤声。扣人心弦的比赛终于以我们的胜利告终，各宿舍楼的学生一下子从门窗中奔涌而出，点燃扫帚当火把，敲击脸盆和锅碗代替锣鼓，狂呼乱叫着自发组成游行庆祝大军，整个校园有如歌德笔下的“瓦尔吉普斯之夜”。当晚每一位观看了比赛的国人都很自然地与那种民族主义情绪化的节日气氛相认同，我也夹杂在躁动亢奋的人流之中，一时完全忘记了个人的存在，化身为整个国家民族欢庆那多年少有的扬眉吐气的翻身一仗。随着仪式的进行，大家都在一种宣泄中体会到难得的陶醉，在一种陶醉中尽量体验那宣泄的淋漓之感。

临毕业那年迷上了黑格尔。他的一件轶事给了我很大震撼：当法国人的军队打到黑格尔家乡时，他用菜篮子装上未写完的《精神现象学》

手稿逃到街头，却坚信法国军队代表着“世界精神”的行程，在书中欢呼法国人的入侵是一次“光辉的日出”。

10多年过去了，当年那种民族认同的激情虽然未能淡忘，却几乎没有重演那庆典仪式的第二次机缘。1997年4月观看在英国曼彻斯特举行的第44届世乒赛的电视转播时，一种新的情感反应发生了，我已经不知不觉地站到了民族主义的情绪之外。记得上届在天津举行的世乒赛我国球队包揽了全部7块金牌。此番远征英伦当然也是志在必得，不过略欠了天时地利上的优势。不知是自发的，还是中国大使馆组织的，看台上以留学生为主的啦啦队竟占了多半的席位，加油助威的声势似乎一点儿也不亚于在国内举行的比赛。每逢旗鼓相当的对手，比分相持不下之际，曼彻斯特体育馆中爆发出“大刀向鬼子们的头上砍去”的汉语战歌，台上台下的五星红旗飞舞着，运动员手中的球拍也好像幻化成了明晃晃的大刀，各路“洋鬼子”们自然被“砍”得七零八落，溃不成军……结果我们又拿到七分之六的金牌。

作为远隔重洋的海岛上一名电视观众，我当然希望看到黄皮肤黑头发的同胞在地球另一侧的赛场上获胜。但是每当听到啦啦队高唱“大刀砍鬼子”的助战歌词，心里总有一种说不出的滋味，甚至担心场内的世界各国球员、教练和裁判、观众如果弄懂了汉语歌词的内容，会有怎样不愉快的反应。看到那些拼尽全力却功亏一篑败下阵来的外国球员，也情不自禁地会替他们感到惋惜，产生怜悯。既然各种名目的体育比赛都不过是人类大家庭中不同姓名的孩子在一起玩游戏，那又何必太计较哪个孩子赢哪个孩子输呢？国族的划分既然不是历史上从来就有的，当然也不会一成不变地永久存留下去。体育赛事作为国族的现实界限尚未消失之前的人类跨界大聚会，难道不该成为倡导国际主义精神、培育世界公民宽容大度情操的摇篮，反倒沦为歧视文化“他者”，助长民族仇恨的温床吗？体育活动本身作为人类发掘生理心理潜能，释放人性中残留的兽性冲动和攻击欲的最佳选择，为何要屡屡“走火入魔”，成为煽动狂热和非理性、诱发残忍和暴力的机缘呢？

10多年来个人心态上的这种转变是如何发生的，个人和国族的“自我中心”幻觉是怎样逐步得到消解的？我想这本《两种旅行的足迹》或许正好回答上述问题。编完这册小书，我很庆幸自己以一个业余爱好者的身份走入人类学这门仅有百余年历史的新兴学科，它不只给我们传播关于人类各民族文化的广博知识，更能帮助我们从与生俱来的狭隘、封闭、坐井观天和鼠目寸光中解放我们的思想，拓展我们的胸怀和情感，超越那种由历史原因所造成的只爱自己的国族而敌视他人的国族的价值偏见。

作为结语，我想说，人类学的跨越文化之旅将会引领人们更加积极地面对日益临近的地球村时代。

1999年2月12日于北京